貴族グレイランサー　英傑の血

吸血鬼《バンパイア》ハンター　アナザー

菊地秀行

朝日文庫

本作は二〇一一年十一月に小社より刊行されたものです。

目次

貴族グレイランサー　英傑の血

◆本作の物語世界

遙か未来の地球。人類は核戦争の末に衰退し、代わって〝貴族〟と呼ばれる吸血鬼《バンパイア》たちが高度な科学文明をも駆使し、絶対的な存在として全生命体の頂点に君臨していた。人類は奴隷以下の、生血を吸われる食糧と化し、貴族たちの支配下に置かれている。だが人間たちも反旗を翻し――。

◆本作の主な登場人物

グレイランサー
貴族最強の戦士。〈北部辺境区〉管理官

ユヌス
グレイランサーの右腕的存在。副官

サンホーク
貴族打倒を目指す、人間の反乱軍リーダー

ジェニファー、ラルフ
父母を失った、農場の姉弟

シザム
グレイランサーに仕える〝剣師《ソーズマン》〟

C H A R A C T E R S G U I D E

ギャラガー
グレイランサーに仕える〝銃師〟

ケン・鞍馬
グレイランサーの護衛となる

バーソロミュー大公
グレイランサーの〝父〟を自認する大貴族

ドルシネア
バーソロミュー大公夫人

第一章　勇士双貌

1

蒼穹《そうきゅう》がのぞいたのはいつか、人々が忘れ果てたような灰色の日々が続いていた。

何とか一日だけでも、との願いも空しく、赤土の大平原を渡る風にも冬の気配が忍びはじめ、〈北部辺境区〉の小さな村外れにそびえる不釣り合いに巨大な石の墓所を、いつもより遙かに寒々しく見せていた。

ひどく離れたところで、無頼鷹の鳴き声が聞こえたが、四方を石に囲まれた一角には届くはずもなかった。

巨大なる石の墓所は、初期原始的貴族時代の特徴であった。

どれひとつ取っても数百トンを超える岩塊が、そこに集《つど》う十数名の人影をも圧搾《あっさく》しそうな空間は、それでも百坪はあった。

縦十メートル横五メートルの戸口から霧のように流れ込む陽光《ひかり》のせいで、その四隅まで見通すのは容易だった。

弧《こ》を描く影たちの真ん中にはへこみだらけの旧式電熱ストーブが燃えている。

スイッチがオンになってから約一時間。影たちの話は終わったばかりであった。

「もう一度確認しておこう」

あちこちに焼け痕《あと》や弾痕《だんこん》が残る手製の戦闘服を着た男が、一同を見廻した。

十二人は二つのグループに分かれる。眼つきの険しい、肌も衣裳も傷だらけの男たち十人と、平凡な野良着姿の男が二人。手にした品も、十人は弩《いしゆみ》や杭《くい》打ち銃、火薬長銃にレーザー銃と物騒だが、二人組は鍬《くわ》とベルトにはさんだ鎌《かま》である。

だが、眼を凝《こ》らせば、見かけと立場が丸っきり逆なのがわかる。

農夫を見つめる荒くれたちの眼にも表情にも明らかな怯《おび》えが揺れているのに、二人組は妙に落ち着いている。

「『反逃亡計画』の一切は、ここにいる十――と二人の胸にのみ仕舞っておくこと。そして――」

戦闘服の男は、待ちかねていたように、視線を農夫たちから放した。

「おれたち十人の任務は、何があろうとそこの二人を送り届けることだ。生命に代えても。そして、たとえ――変わっても、な」

　恐らくは幾度となく死線を越えて来た男たちが、生唾《なまつば》を呑み込んだ。

「怖いだかね？」

　農夫の片方――四十年配の男が田舎弁丸出しで訊いた。笑っている。ストーブの炎がその顔に陰影をつけて、ひどく不気味に見せていた。

「安心してくれ。わしらにも任務がある。よくよくのことがなきゃ、入れ変わったりしねえ。それに最悪、彼ひとり潜り込ませてくれればいい」

　みな、彼を見ずにはいられなかった。

　頬っぺたを赤く染めた若者は、まだ少年、十代の半ばだろう。男たちの怯えと怒りの眼差しに、そっと顔を伏せたが――笑っている。こちらも。

「そうはいかん。あんたには死んでもらわなくちゃならねえ」

　戦闘服が、咎《とが》めるように吐き捨てた。

「そっちこそ安心しな。死んでも守ってやるよ。その坊やを忍び込ませるまではな。いいや、死ぬのはおれたちだが」

　二人がまた笑った。怒りよりも激しい怯えが十人を震わせた。

　少年が言った。

「坊やと言ったが、この姿で忍び込むとは限らない。この前は、もっと年上の人間だった」

　十人と二人――彼らは同じ姿をした別の生きものなのだった。

ストーブの横で間の抜けた電子音が聞こえた。

地上の出入口に仕掛けた警報装置が、接近者を捉えたのだ。

ひとりが近づき、これも傷だらけのモニターを拾い上げた。

「十人以上いる。糞、消された」

「貴族の機械人形か⁉」

別のひとりが、レーザー銃の安全装置を外しながら訊いた。

モニターを手にした男は、首を横にふった。

「人間だ――それとも、おまえたちの仲間じゃねえだろうな?」

レーザーの銃口が二人組に向けられた。他の武器も一斉に追随する。二人は三度《みたび》にやりとして、

「人間と言ったはずだぞ」

と年配の方が言ったとき、幾つもの足音が近づいて来た。

「ほお、素早い。こいつら、サンホークの子飼いだぞ」

戦闘服が腰からラッパに銃をつけたみたいな大型拳銃を抜いた。

上下二本の銃身がついているようだが、下の分は先が閉じられた円筒だ。

彼は二人組に向かって、

「扉を閉められるか」

と訊いた。

少年がうなずき、肩からかけたズダ袋から銀色の指揮棒みたいな品を取り出し、戸口に向けた。

ここは玄室《げんしつ》であった。戸口から室内に向かって、厚さ五十センチもある石板――というより石塀のごとき扉が倒れている。

それが風に吹かれた薄紙のように、軽々と宙に浮いた。指揮棒は重力場発生装置であった。

「いたぞ！」

扉の向うで叫び声が上がり、いまにも戸口を封じようとするその横から、十人と似たような服装の男がひとり飛び込んで来た。

「動くな、ガルク」

戦闘服に向けられた火薬銃が火を吹くより、大型拳銃が先に――正しく火を吹いた。

毒々しい色彩の筋が侵入者の胸に突き刺さるや、みるみる灼熱《しゃくねつ》の炎塊と化して全身を包んだ。

戦闘服の武器は火炎放射器だったのだ。下方の筒には高圧で圧縮された化学燃料が装塡《そうてん》されているのだろう。

新たな叫びと侵入を二百トンの石扉が塞《ふさ》いだ。

扉の下に横たわっていた石の閂《かんぬき》もふわりと浮き上がって扉をロックする。扉は〈都〉の調査団が入った際に開放されたものだ。調査団は、壁の最も薄い部分を超音波で探り出し、爆破後侵入した。爆破孔は退出の際に埋められた。

銃声が轟《とどろ》いた。ガルクと呼ばれた戦闘服が、のたうち廻《まわ》る火だるまに止《とど》めを刺したのである。肉と髪の焼ける臭いが、一同の鼻孔を押さえさせた。嘔吐《おうと》する者がいないのはさすがであった。

「これで入って来られん。脱出するぞ」

ガルクが玄室の奥へと火炎銃をふった。

北側の壁の前に全員が集まると、彼はベルトにつけていたモバイルを外し、端を壁に向けてごつい指には似合わぬスピードで、キイを叩きはじめた。

ぴい、とモバイルが叫んだ。

同時に、石扉が爆発した。

何を言う暇もなく、衝撃波と岩塊が男たちを薙《な》ぎ倒した。

だが、石壁は外側に吹っとび、人が立って通るに十分の空間を作り出していた。

「行け」

ガルクが叫んだ。相手は二人とも岩塊の下敷きになっていた。年配の方は頭をつぶされ、少年は腰から折れ曲がった上半身と下半身が後ろでくっついている。どちらも口や鼻からたっぷりと鮮血を流出中だった。行けとはどういう意味か？

「行け！」

とガルクは繰り返した。

「……おれたちは後から……行く……おまえたちは先に……逃げろ」

途切れ途切れの声は、どっぷりと血の詰まった年配の農夫の口から洩れていた。

死体からの指示であった。ガルク自身も、石の塊に右肺をつぶされ、左膝を砕かれて、限りなく死者に近い。

銃声が轟いた。

侵入者と生き残りが戦闘を開始したのである。

「行くんだ、行け！」

死者はこれをどう聞いたか。

二人の農夫の顔と手が、突如、銀灰色の粘塊で覆われた。いや、最初からそれらは粘塊であったのだ。

「いいぞ……来い」

とガルクは、血の混じった声で呻《うめ》いた。

少年だったものが床を滑るピーナッツ・バターのように自分に向かって、年配者の方が戦いつづける仲間たちの方へと流れ寄っていくのを、彼は黙然《もくねん》と、笑みすら湛《たた》えて見つめていた。

今度は、彼が笑う番であった。

〈北部辺境区〉に限らず、〈辺境区〉管理者たちにとって、最近の問題は、人間たちの反乱であった。

貴族たちが世界の覇権を握った瞬間から発生した問題ではあるが、本気で掃討に乗り出した例はほとんどない。反乱軍の力が脆弱《ぜいじゃく》すぎたのである。初期の反逆者たちは近代的な武器兵器の類はほとんどなく、たまさか入手する貴族たちの武器は、使い方すらわからないという体《てい》たらくぶりであった。

貴族たちの滅びを招くのが心臓へ打ち込む楔《くさび》と知ってはいても、それをふるう機会に恵まれなければ意味がない。

貴族たちは、覇者たるその日から、自らの墓所に超科学の粋ともいうべき防御措置《そち》を施していたため、人間たちに可能な実利ある攻撃といえば、貴族化した同胞たちの墓を暴いて、その胸へ杭を打ち込み、首を刎《は》ねるくらいしかなかったのである。

だが、時が経つにつれて、反抗者は力を備えていった。

四散した武器を集め、足りなければ自作し、そのための工場を建設し、貴族の生態を研究し、墓の防御装置を無効化する手段を開発する。

貴族暦百年あたりから、取るに足らない裸のサルたちの手で塵《ちり》と化す貴族が続出し、貴族たちを驚愕させた。人間がそのレベルに達するまで五百年以上と、科学センターは分析していたからである。ある者たちは、ここで「虫ケラ」と呼ぶ存在の秘めたる力に気づいていたかも知れないが、それはどの記録にも残っていない。

だが、この時期から百年を経過しても反抗はなお散発的、小地域に留まり、貴族たちには危機感の欠片《かけら》も見られなかった。

数々の記録に「人間」に対する「軽蔑」よりも「憎悪」「敵愾《てきがい》」「警戒」が目立つようになるのは、やっと一千年を経た頃からである。人間は「虫ケラ」から、少なくとも「害虫」に変貌《へんぼう》を遂《と》げたのだ。

「害虫」に名前がつくには、さらに二千年を経なければならなかった。

はじめて〈都〉にロケット弾を射ち込んだ反逆者アシュレイ・トーマ。

〈東部辺境区〉上空で、独自に開発した飛行具を装着し、十年で百五十機もの輸送艇を襲撃、物資を略奪後撃墜したギム・ハスカル。

世にも隠れなき貴族の大将軍ダイセンド公爵率いる大師団のど真ん中に小隕石《しょういんせき》を叩きつけ、その隙に公爵を滅亡させた〝朱色〟のシュバイク。

反逆者たちの間で〝三偉人〟と讃えられる彼らの三人目――〝朱色〟のシュバイクの死亡後七百年、あの忌《い》まわしい「大弾圧」の時代を経て、新たな英雄が登場した。

疾《はや》きこと風の如し
静かなること林の如し
侵略すること火の如し
動かざること山の如し

超古代の小国で唱えられたという戦いの訓《くん》と、雲間よりさし恵む「自由の光」を描いたスカーフを閃《ひらめ》かせて〈辺境〉を席捲《せっけん》し、不死身の貴族たちの心臓に杭を打ち、首を落として、正しく風のごとく去っていく反乱の一団――それを率いるリーダーを、人々は「サンホーク」と呼んだ。

偉丈夫といってもいい逞《たくま》しい身体と、貴族に劣らぬ身体能力を持つ隻眼《せきがん》の男。右手には常に多銃身杭打ち銃を携え、その眼は貴族を射るとき憎しみの闘志に燃え、人々を見つめるとき、限りなく優しいといわれる。

その出撃から三年にして、葬られた貴族は百を超し、破壊された施設の被害総額は兆を凌《しの》ぐ。むしろ「鬼神」と呼ぶべき彼は、〈東〉〈西〉〈南〉の〈辺境〉を騒乱させつつ、ついに〈北〉へとサイボーグ馬を乗り入れた。

満を持して、その地の覇者に挑むべく。

だが、おまえは間違っている。

何故、止《チェック・メイト》めの駒をそこに置く？

〈貴族〉グレイランサーの統《す》べる土地に。

2

〈北部辺境区〉の首府ビストリアにそびえる〈府庁〉の私室であった。

貴族の体内時計は6PMを告げている。

五メートルの高みに掘られた東西南北五条ずつ――計二十条の長窓から青い月の光が、グレイランサー以外の影を石の床に落としていた。

貴族たちの懐古趣味《アナクロニズム》を代表するのは、欧羅巴《ヨーロッパ》中世の風俗だが、この大貴族の周囲はさらに古い――というより質実剛健の手本のごとき石と木で賄《まかな》われていた。唯一、不釣合いな品がある。書架の前に置かれた竪琴《ハープ》だ。

武骨な大デスクに近づいて呼鈴を鳴らすと、五秒と待たず、金髪の侍女《じじょ》イザベラが、黄金の酒瓶とグラスを載せた盆を掲げて入って来た。

若く、身震いを覚えるほどの美貌だが、胸に耳を当てれば、熱い血の鼓動よりもかすかな歯車の音が聞こえるであろう。アンドロイドなのである。歯車は、これもグレイランサーという貴族の趣味だ。音だけでなく本物の歯車が動力源として作動中なのである。無論、それより貴族の身体の各部に伝える伝導系には、人間には永久に理解不能な貴族の最新技術が投入されている。

瓶とグラスをデスクに置くと、イザベラは、静かに主人《あるじ》を見つめ、

「他に御用は？」

と訊いた。

「下がれ」

返事などしない。

「その仮面《マスク》、よくお似合いで」

「行け」

イザベラは無言で一礼してから部屋を出ていった。

時折、このアンドロイドは人間か〃半人〃が化けているのではないかと感じることがある。

グレイランサーの左半顔は白い仮面で覆われていた。

五年前、〈枢密院〉乗っ取りを企てた〈南部辺境区〉管理官ミルカーラ公爵夫人と、〈東部辺境区〉管理官〃ゼウス〃マキューラとの闘争で受けた火傷の痕である。

グレイランサーはデスクに近づき、瓶の中身をグラスに注ぐと、一気に呷《あお》った。グラスといっても黄金のビールジョッキほどもある。

これで丸一日は保《も》つ。グラスを空けても息ひとつつかずに、大貴族はテーブル上に常備してある紅い布で口許を拭った。

「胃は満たされるが、不味《まず》い」

グラスを置き、デスクのかたわらに立てかけた槍掛《やりか》けから銀色の長槍を外すと、彼は足音も高く戸口へと歩き出した。

その背後で、

「行かれますか?」

静かな女の声が聞こえたのである。

ふり向いたグレイランサーの表情に驚きはない。声の主が気配を感じさせないのは、いつものことなのである。

「おまえが刺客《しかく》であったら、とうの昔に滅びておるな」

不思議なくらい穏やかな視線の先に、黒髪の女が佇《たたず》んでいた。その仕事は誰にもひと目でわかる。

青いドレスからのぞく白い手がそっとかけられている品――竪琴《ハープ》だ。

グレイランサーが唯一、私室への出入りを自由に許している存在――タエという名の竪琴弾きであった。

「今朝は聴く気にならぬ。戻ってからにせい」

「気配が打ち寄せて参ります。死の気配が」

「よせ」

言い放って行こうとした肩を、

「村へ行かれますのか?」

調べのような声が引き止めた。

「やめぬか」

呻《うめ》くように言ってから、大貴族はうすく笑った。

「おまえの竪琴で止めてみるか？　バーソロミュー大公殿が言っていた〝闇の想い〟とやらをいつ聴かせてくれる？」

「御前にそのときが参りましたならば」

「ほお、それはいつだ？」

「存じません」

とタエは答えた。陽が沈みきる前——夕映えを思わせる声であった。

「ただ、参りましたなら、自然にわかります。私はそうならぬ方が良いと思案いたしますが」

「ふむ」

グレイランサーの返事には、興味も関心もなかった。

いつ聴かせてくれる云々も、場当たりな発言にすぎない。しかし、少なくともタエの相手をしよう——タエを相手にしようというつもりはあるらしい。

「これ以上、私の行動に口をはさむことは許さぬ。バーソロミュー大公殿の預かりものであろうとも、だ」

「失礼いたしました」

タエは一礼した。

——この女は詫《わ》びておるのか？

グレイランサーの脳の片隅でこんな思考が形成され、まあよい、と切り捨てた。

「下がれ」

これはタエの方を見ずに放った言葉である。

少し待ってふり返ると、青いドレス姿はもう見えなかった。

最初からいなかったような気がして、グレイランサーは軽く頭をふった。

「バーソロミュー大公も酔狂な。あのような訳のわからぬ人間に音楽を学ばせ、しかも、およそ歌舞音曲とは無縁の私の手許に置けなどと」

彼は長窓を見上げた。

今朝は殊のほか、闇が深い。星も見えぬ。グレイランサーは朝が気に入った。

彼は空のグラスを取り上げて、底に残った紅い滴《しずく》を眺めた。

「まだ新鮮に保つ技術だけは開発されておらん。冷酒もいいが、春夏秋冬そればかりでは、な」

グラスを置いて、彼は戸口へと歩き出した。石の床が長靴の響きを重く硬く世界に伝えた。

分厚い石のドアの周囲には、タエの出入りした気配がかすかに残っていた。

ふと、甦った。

（そのときが来れば、自然にわかります）

胸中をかすかな小波《さざなみ》が渡って――

（そうならぬ方がよいと思います）

——消えた。

グレイランサーは開閉スイッチを使わず、片手で数トンの石扉を押し開けて部屋を出た。長い長い廊下の高窓から差し込む月光が、長槍を白々と不気味な光沢で彩《いろど》った。

〈北部辺境区〉の村々は、他の土地に比して、貴族への警戒がゆるやかという特徴があった。支配者の暴挙といえば、夜、何処《どこ》からともなく忍び入って人々の血を吸う所業であることは、万世を通して変わらない。

美しく成長した娘がある夜、血を吸い取られた半透明のガラス細工のような肌を陽光にさらしているのを認めても、その凶行の主の正体が即座に明らかになっても、父も母も兄も弟も、何ひとつ異議を唱えることはできない。

領主たる貴族が領民たる人間を保護する条件のひとつと暗黙の了解があるからだ。それを忌《い》むものは逃亡するか、貴族を斃《たお》すかの二者択一に迫られる。かつては前者のみであった。それが不可能だと明らかになってからは、諦念《ていねん》だけが、力ない眼差しと表情で夜を迎えることを強要した。

何処へ逃げても、貴族とその部下たちの手は、正確に執拗《しつよう》に逃亡者を追い詰め、反撃の暇もなく斬首の瞬間を与えたからである。

事態の変化は、貴族暦六九〇〇〇年に訪れた。それは鉄ではなく、石が黄金に変わったような大変革であった。

貴族史上最凶の敵のひとつＯＳＢ《アウター・スペース・ビーイング》――〈外宇宙生命体〉が侵略を開始したのである。

敵の敵は味方――古《いにしえ》の論理を、反逆者たちは無思考に採用しようと努め、すぐに愚かさに気がついた。この星の征服をめざすＯＳＢにとって、敵の敵もまた敵であったのだ。

だが、ＯＳＢはすぐ、反逆者たちとの共闘がもたらす旨《うま》みに気がついた。

反逆者たちの目的は、自分たちが誘拐した貴族をＯＳＢが吸収変身したあと、貴族たちの許《もと》へと送り込み、彼らの組織に致命的な打撃を与えることであった。ＯＳＢは、その報酬として、この星の三分の一を受け取る。後はお互いに不干渉を貫いて平和裡《り》に歴史を作っていけばいい。

誰が考えても侵略者の本質に眼をつむった、奇態《きたい》で常識知らずの条件であった。

ＯＳＢは、三分の一どころか星のすべてを自分たちのものにしたがるだろう――この決定的な認識を欠いているとしか思えぬ愚かな内容は、反逆者たちの貴族への怒りと未来への絶望がいかに激烈かつ深いかを証明するものだ。

だが、それが実を結んだ成果としては、貴族vs.ＯＳＢの死闘が開始されてからこの百年間に、わずか二件が記録に残るのみだ。

貴族に〝化けた〟ＯＳＢは〈辺境区〉の首府へ侵入し、その最高責任者――管理官を毒牙にかけようとした寸前、ひとりは〈精神感応者《テレパス》〉にその心を読まれて消滅させられ、いまひとりは、狙い澄ました相手が悪かった。〈西部辺境区〉管理官、マイエルリンク卿《きょう》だったのである。

後には二体のOSBが溶解した痕と、おびただしい〝偽の〟反逆者たちが残った。人間たちは、貴族をOSBの前へ連行した時点で用済みとなったからである。

新たな獲物を求めた〝偽もの〟たちが、その寸前に一掃《いっそう》されたのは、難を逃れたひとりがサンホークの許へ急行したからである。

貴族ともOSBとも手を組まずに革命を成し遂げようとするサンホークの一党こそ、貴族にとっては真の敵といえたかも知れない。

もっぱら、東西南の〈辺境区〉を暴れ廻っていたサンホーク一派が、〈北部辺境区〉へ侵入したらしいとの知らせがグレイランサーの耳に入ったのは、数日前である。

「ほお、ついに来たか」

副官のユヌスからそれを告げられたグレイランサーは不敵な笑みを浮かべてみせた。人間など歯牙《しが》にもかけていないのは、他の貴族と変わらない。

しかるにその笑みに、好敵手に対してのみ放つ歓喜の光が宿っているのは、侮蔑しながらも決して敵対者を見くびらぬこの大貴族の性癖ゆえである。

「私の領土は、OSBも野盗兵団どももことごとく一掃して来た。私が赴任して以来、一年であらゆる敵は姿を消し、〈辺境〉の端を冷やかしては去っていくばかりだ」

「御意」

有能なる副官は無表情に応じた。

かつて、〈辺境区〉の村々を襲い、貴族の護衛団が到着するまでに、疾風迅雷《しっぷうじんらい》のごとく去っていった強盗団もあった。〈国境〉を越えて隣の〈辺境区〉へ逃亡すれば、追撃の手は及ばない。

だが、彼らを疾風迅雷とするならば、グレイランサーの手は光のごとくであった。

ほとんどの無頼漢は逃亡に移る前に殺戮《さつりく》され、残りは〈国境〉寸前で同じ運命を辿った。後者については大貴族がわざとそうさせたとの風評が高い。希望の頂きから地獄の淵《ふち》へと叩き落とされる人間たちの絶望を愉《たの》しむためである。

現在、正しく〈辺境区〉の果てでささやかな暴挙を行うやいなや、数分のうちに隣接する〈辺境区〉へと逃げ込んでしまう野盗たちを見逃しているのも、いつか図に乗った彼らを領土の奥深くへと迎え入れ、無残に殲滅《せんめつ》させる快楽を求めてのことだといわれる。グレイランサーがその気になれば、人間など、侵入する以前に撃滅することもお安いご用なのである。

恐らく、この星の全生物にアンケートを取っても、サンホークといえど〈北部辺境区〉へ入った以上、グレイランサーがその気になれば一日と保《も》つまいとの答えが全員から戻って来るだろう。

それが数日に延びたのはグレイランサーが放っておけと命じたからである。

「つぶすのは一瞬で足りる。それまで奴らが何をしでかすか、確かめてからでも遅くはあるまい。このところ無聊《ぶりょう》を持て余してもいるしな」

ユヌスは内心、ああと嘆息した。

そして、今日――

3

「ツトロージェの墓地で、人間同士による小競り合いがあったと、村人ともうひとりから代官所へ連絡がございました。官吏《かんり》に行かせたところ、十一名の遺体を発見したそうです。〈反貴族同盟〉のメンバーと思われます。ただし、ここには二匹のOSBも加わっていたと、連絡は伝えております」

「村の者からの、か？」

「いえ。もうひとりの方――でございます」

「誰だ、それは？」

「サンホークのサインが、代官所に射込まれたメモにあったそうでございます」

「ほう。代官所は人間の手助けを仰いだというわけか？」

「向うから送りつけて来たものでございます」

ユヌスの声に力が加わった。代官所が破壊されると思ったのだ。当然、常駐していた下級貴族は皆殺しだ。

「すぐにＯＳＢの所在を突き止めい。片方は処分し、片方は捕えよ。サンホークとやらは、まだ放っておけ」

「はっ」

「そのサンホークの侵入目的は何だ？」

「反逆者どもの目的はただひとつでございます。御前の暗殺かと」

「ならばよし。これからツトロージェの村近くの巡察に出かけるぞ」

「お待ち下さいませ」

あわてて止めたものの、ユヌスはもう諦《あきら》めている。

生死を賭けた戦いがこの大貴族を捉えたら、止められる者はいない。

「すぐにオートダインを用意せよ。私の戦車も積んで、な」

従うのがわかっている、というような温和な声である。

ユヌスは意外な反応を示した。

「その前に――ひとり、召し抱えて欲しいという者が待機しておりますが」

「ほお」

グレイランサーの眼が光った。

「流れ者の戦闘士か？」

「御意」

「貴族か?」

人間以上に厳然たる身分制度を骨格とする貴族社会には、人間界と同じく脱落者が多い。

殊に武術を能《よ》くする戦闘士たちは、貴族と人間とOSBが入り乱れる〈辺境区〉へと向かい、管理官たる上級貴族に自らを売り込むのが常であった。

無論、人間のみならずOSB、そして、貴族すら敵に廻さねばならぬ死闘に勝利するためには、尋常《じんじょう》ならざる実力を必要とする。

採用以前の腕試しで退散できるならばまだしも、生命と魂とを失ってしまう場合がほとんどであった。

それ故、人間の腕自慢は、まず貴族の門は叩かない。

それ故――

「人間でございます」

と聞いたときは、酷薄そうな唇を小さく、ほお、の形に歪めたものである。

「ユヌス」

「はっ」

「人間は一度しか死なぬな?」

「左様でございます」

「死んだら生き返らぬな?」

「貴族か?」

「左様でございます」

「なのに、なぜ、我が城へやって来る？　生きて帰れぬのは承知であろうのに」

「存じませぬ」

と思慮深い副官は答えた。

「それが人間というものでございましょう。お会いになりますか？　包み金を渡して追い返すのが最良かと存じますが」

「私が出るまでもあるまい。十人相手をさせ、全部に勝ったら会ってやろう」

「承知いたしました。では、出発は――」

「十分延期する」

「十分で、十人を？」

「それくらいの腕でなくては、どんな形であろうと、私の下では働けぬぞ」

ユヌスが仰せのとおりでございますと頭を下げるまで少し時間がかかったのは、やはりこの方は恐ろしいと、骨身に沁みて感じたからである。

「言うまでもないが、付き合い易い相手を選んではならぬぞ」

ユヌスの返事は、前より少し遅れた。

「承知いたしました――では」

一礼して歩み去る副官の胸には、数十年前、領主に言われた言葉が揺曳《ようえい》していた。

「おまえは人間に甘い。〈北部辺境区〉の七不思議のひとつだ」

領主の間《ま》は、グレイランサー専用の武闘鍛錬場《トレーニング・センター》に続いている。

十分でも時間があれば、グレイランサーの足は必ずそこへ向く。

着替え部屋を抜けて、重いドアを開くと、広大な石の空間が大貴族を迎えた。

大多数の貴族が採用する3D戦闘用の擬似空間ではない。数万トンの花崗岩《かこうがん》に囲まれた縦横一キロに及ぶ〈戦場〉だ。

背後のドアが閉じる音を聞きつつ、彼は歩き出した。

準備体操も武器の選択、調整もない。深呼吸ひとつしないのだ。ここへ行こうと思い立つ前の精神状態と少しも、分子レベルでの変化もない。

〝常在戦場〟という言葉を知っていたら、それこそ座右の銘と膝を打ったことだろう。

五十メートルほど進んだとき、高さ百メートルもある天井の一部が開き、平べったい円盤状の物体が降下し、床から八十メートルほどの高みで停止した。底部から黒い流線型の物体がグレイランサーの胸めがけて走った。後端からまばゆい光を放出している。

黒い右手が上がった。拳《こぶし》は長槍の端を握っている。腕の長さと合わせて約五メートル。

それが弧を描いたのは、ペンシル・ミサイルが倍以上離れた位置に到達したときだった。

ぶん、と風が鳴った。

グレイランサーが操る長槍の一閃《いっせん》は、凄まじい乱気流を生じさせてミサイルの針路を狂わせたのである。ミサイル内部のコンピューターは姿勢制御装置《スタビライザー》に命じて、正常な針路を取り戻そうと努めた。

新たな風が襲った。

それはミサイルの推進エネルギーを凌駕《りょうが》していた。三発のミサイルのうち二発は流されるまに床に接触し、直径五十メートルもの火球を製作した。

一万度の熱波が叩きつけられるのを、グレイランサーはケープを掲げて撥《は》ね返した。

残る一発は針路を修正しつつ制空圏に侵入。ベース・スチール装甲で爆破炎を凌ぎ、標的まで十メートルの位置で自爆を敢行した。

膨《ふく》れ上がった炎は、しかし、急速にしぼみはじめた。ぐんぐん収縮し、空中の一点に吸い込まれて――ふっと消えた。

突き出した長槍をグレイランサーは引き戻し、思いきりふった。

穂先が炎にあぶられたように赤く燃えていたが、それで消えた。

耳の奥で通信音が鳴った。

「よし」

唇が動くと、地上五メートルほどの地点にユヌスの顔が浮かび上がった。

「戦闘中だぞ」

「お許し下さいませ。十八、片づきました」

　グレイランサーの眼が光った。

「腕試しを命じてから、何分だ？」

「三分少々でございます」

「おまえが選んだ相手を、ひとり十八秒と少しで片づけたと申すか？」

「左様でございます」

　本当に猛者《もさ》を選んだだろうな、などとは訊かなかった。この領主の指示に逆らう者はいない。首が飛ぶし——何よりも、間違っていないからだ。

「わかった。待たせておけ」

　言い終える前に、全身を黒い影が覆った。

　頭上から舞い降りて来たのは、巨大な釣り鐘を思わせる生物であった。どんな力を持っているのかは、グレイランサーにもわからない。この〈戦場〉のために造られる〝敵〟の正体は、コンピューターしか知らないのだ。〈創造神〉という名は当たっていないこともない。

　そして、〈戦場〉での戦いは、いまも終わっていないのであった。


　月光の下に、十数個の人影は黒い石のごとく凝結していた。

　領主館の中庭の一角に常設された戦闘区である。通常は兵士の訓練や侵入して来た敵を誘い込み、殲滅させるため使用されるが、時折、売り込みにやって来る身の程知らずの人間や貴族の腕試しのために使われることがある。

百坪ほどの四角い広場の中心に直立しているのは、真紅のロング・コートをまとった若者であった。

素手だ。身に寸鉄も帯びていない。腕試しの志願者としては極めて異様だった。

五メートルほど離れて彼を取り囲んでいるのは、電子砲で武装した警備兵たちだが、銃口を向けてはいない。いかなる危険な技を有する猛者だろうと、素手の者に銃口を向けるなとの領主の厳命であった。

腕試しから十分も経っていないのに、若者は逞しいというよりしなやかな体軀を持て余しているように見えた。青白い警備兵たちは、無論、石のごとく口を閉ざしているし、瞳に映る若者に対する感情は——おお、これは⁉

このとき、若者の眼が妖光を放った。

前方の、城の壁とつながった石塔の扉が開いて、濃紺のケープ姿が現われたのである。その下の鈍いかがやきは、上衣に施された黄金の刺繡《ししゆう》だった。

若者の眼を引きつけたのは、右手に携えた長槍であった。

若者は領主の武器について、何百人もから聞かされていた。

ある者は穂も柄《つか》も黒光りする鋼《はがね》で出来ていると言い、ある者は鋼の穂を石の柄が支え、石の表面には古代の戦闘魔法用の呪文《じゅもん》が刻み込まれていると言う。

どちらも正しかった。

月光に青光りする長槍の穂も柄もまぎれもない鋼であり、呪文とは言わずおびただしい細密彫刻がその表面を埋め尽していた。

真紅の若者から五メートルの距離まで歩き、領主は足を止めた。月光がケープと化学反応を起こし、紺青《こんじょう》の霧で彼を煙らせているように若者には見えた。

「私がグレイランサーだ」

とケープの主は言った。背後に副官らしい身なりの、初老の男が付き添っている。

「名を訊こう」

「ケン・鞍馬《くらま》」

はじめて聞く奇妙な名前の出自を、グレイランサーの記憶はかすかに覚えていた。

トーヨー。

第二章　反逆の旗の下に

1

「我が城へ来た目的は？」

と尋ねたときにはもう、その言葉は忘却の彼方だった。

「売り込みだ」

胸を張った返事に、警備兵が怒号した。

「無礼者。口の利き方をわきまえろ」

一斉に向けられた銃口にも、若者——鞍馬は動じた風がない。

それくらいでなくては、貴族の——領主の居城へ乗り込めるものではない。

「おれの技を見て気に入ったら、私的護衛《ボディガード》のひとりに加えてくれ」

「護衛は余っておる。貴族もどきどもも、な」

「おれは人間だ。貴族になんぞなりたかない。あんたの家来になりたいのも、給料がいいと聞いたからだ。おっと、仕事はちゃんとやる。あんたの代わりにいつでも死んでやるぜ——雇ってさえくれたらな」

「見たところ素手のようだが、武器は何を使う？」

「何も。これだけさ」

鞍馬は両手を持ち上げた。

「ここで死ぬがいい。私を狙うものに素手の刺客《しかく》などおらぬぞ」

「なら、おれがなってもいいいぜ」

空気は凍りつき、警備兵たちの眼が一瞬、抵抗のしようもなくグレイランサーに注がれた。

「虫ケラめが」

とグレイランサーは吐き捨てた。しかし、唇は笑みの形に歪んでいた。

「ユヌス、十人も素手か？」

「いえ、弓と長槍、長剣、鉄鞭《てつべん》、ナイフ、電磁投網《とあみ》、分銅、手甲鉤《かぎ》を装備しておりました。あとの二人は妖獣使いと装甲人でございます」

「それを三分少々でな」

「左様でございます」

「噂《うわさ》どおりの武辺者《ぶへんもの》好きらしいな、ご領主よ」

鞍馬が軽く両手首から先をふりながら話しかけた。

「並みの貴族なら、家来が十人も一蹴《いっしゅう》された時点で、おれを殺そうとするだろう。なのに、この警備兵は、何もしないどころか、銃を向けようともしない。何だか、是非とも雇って欲しくなって来たぜ」

「そうしてやってもよい。死んでからでも、な」

実に不気味な台詞を口にしてから、グレイランサーは長槍をひとふりした。

ごお、と風が真紅の若者を叩いた。

「ほお？」

と洩らしたのはユヌスであった。時速八十――剛体と化して襲った風を、わずかに上体を揺らしてやり過ごした若者への賛辞かも知れない。

グレイランサーの唇に、新しい笑みが浮かんだ。これも強者《つわもの》への賞讃――いや、彼を地獄へと叩き落とせる非情なる快楽の笑みであった。

「参れ」

とグレイランサーは言った。他の言葉は不要だった。

短く息を吐いて、鞍馬は左足を爪先立《つまさきだ》ちにした。猫に似ている。両手は胸前で拳《こぶし》を握っていた。

その右胸へ、グレイランサーの槍が吸い込まれた。

誰も驚かない。緊張の気配もない。それくらい何気ない突きだったのである。

誰もが串刺《くしざ》しにされた人間の断末魔を連想したに違いない。だが、穂先は大きく左下にずれた。

「――!?」

神速で構え直したグレイランサーの表情には、驚きの色よりも感嘆が強い。

「変わった技を使うな」

もう一度、今度は横薙《な》ぎに払った。

槍身も渦巻く風も、衝撃の寸前右斜め下に流れて、ガッとグレイランサーの左肩が鳴った。

鋭い弧《こ》を描く蹴りが決まったのである。

驚愕の声に押されたように、大貴族はよろめいた。素早く長槍の石突きを地面に立てて彼は身を支え、片手を耳に当てた。

「ほお――わかったかい？」

感嘆したのは若者の方であった。

「そのとおり。おれの技はあらゆる生きものの平衡《へいこう》器官を狂わせてしまうのさ。でなきゃ、素手で武器を持った連中の相手はできねえよ。だが、いったんこれにかかりゃ、攻撃衛星のレーザー砲だって、眼の前で構えた火薬銃だろうと、みいんなおれを避けてくれる」

自らの秘技を平然と告げるのは、破られぬという圧倒的な自信があるからだろうが、それもさもありなんと思わせる。いかなる攻撃もこの若者の身体に触れることはない——文字どおり不死身なのだ。

「どうだい、グレイランサー卿？　おれを雇う気になったかい？」

「否だ」

槍は三度《みたび》走った。

「うおお⁉」

若者の叫びは驚きそのものであった。グレイランサーの槍は狂った三半規管の支配を免れ、左胸を直撃したのである。穂先は背まで貫いた。

ふたたび驚きの声が広場を流れた。

グレイランサーはなお力を入れつづけている。槍は動かない。食い止めているのは、穂をはさんだ若者の両手であった。

「よかろう。その技を買ってつかわす」

グレイランサーの言葉に、若者は血泡を吹いた唇をにんまりと歪めた。

ぐいと引き戻すと同時に倒れた身体を静かに見下ろして、

「心の臓は外した。すぐ手当てをしてやれ」

誰にともなく命じて、大貴族はやって来た方向へ歩き出した。

「御前——耳から血が」

後を追うユヌスは、自分の指摘に怯《おび》えを感じていた。

平衡感覚の狂いによる敗北を避けるべく、彼の主人は耳孔に指を突き入れて自ら器官を破壊したのであった。

それから十分と経たぬうちに、一機のオートダインが北の空へと飛び立った。


「五分で降下いたします」

と操縦席からの声が告げたのは、五分後であった。

窓の外へ眼をやりっ放しのグレイランサーへ、

「やはり、落ち着かれませぬか？」

とユヌスが訊いた。飛行が怖いのではないことはわかっている。

「そのとおりだ」

とグレイランサーは低く応じた。

「前に同じ質問をさせていただいてから五十年——何度となく空を飛ばれましたが」

「同じだ。もう言うな」

「承知いたしました。ご無礼を」

一礼してロボット・シートにもたれながら、やはりこの御方は戦士なのだ、とユヌスは考えざるを得ない。坐《ざ》しているのが我慢がならないのだ。いますぐ操縦室へ乗り込み、オート・パイロットをぶち壊して、自ら操縦桿《そうじゅうかん》を握りたいところだろう。一種の独裁者といってもいいこの大貴族がそれをしないのは、過去に一度、操縦ミスをしでかし、地面に激突した経験があるからだ。彼も同乗者も無事だったが、機体は借りものであった。グレイランサー唯一の弱点ともいうべき人物の所有物で、グレイランサーは愛馬の中でも最高の一頭を手放さなければならなかった。よほどの痛手だったらしく、それ以降彼は操縦室へ乗り込んではいない。

「今度の虫ケラは手強《てごわ》いらしいな」

苛立ちを隠すようにグレイランサーが訊いた。

「左様でございます。代官所は緊張の毎日だそうで」

「虫ケラどもが」

言い放ってから、言葉の残滓《ざんし》を噛みつぶすように歯を固く結んだ。それから、

「人間どものことではないぞ。奴らを取り締まれぬ代官所の奴ばらの意味だ」

「………」

「だが、私の敷いた警護システムにもかかからぬとなれば、〈辺境区〉の人間どもにかなりのシンパがいると見てよかろう」

「仰せのとおりで」

「厳命しておく。そ奴らが誰か判明した時点で、容赦なく首を刎《は》ねい。血はすべて、逮捕者と処刑執行者に与える。全代官所に通達せよ」

「承知いたしました」

「しかし、〈北部〉以外はすべて蹂躙翻弄《じゅうりんほんろう》し、官吏《かんり》の手にもかからなかった人間——サンホークとはどのような輩《やから》か、私の前に跪《ひざまず》かせて詰問したくもあるな。私のところ以外でも、反逆者に加担した者どもがどうなるかは、骨身に沁みさせておるはずだ。それを懐柔し味方につけるとは。サンホーク一党の戦いぶりとその成果を見るに、最低でも千人以上の仲間が必要だ。奴らの実戦部隊は多くとも五十人だと聞いておる」

「そのとおりでございます」

「残り九百五十人がシンパとして、彼らの協力を取りつけるには、まず一年はかかるはずだ。だが、活動記録によれば、サンホーク一党は各〈辺境区〉へ侵入して半月以内にそれを成し遂《と》げておる。どのような手段を使ったと思う？　金か？」

「ひとつは、それで」

「恫喝《どうかつ》か？」

「ひとつには」

「ひとつには」

「我らを滅ぼした後の地位か？」

「他に何がある？」

副官はグレイランサーの眼を見て、

「個人の魅力、かと存じます」

そしてグレイランサーはうなずいた。

「そのとおりだ。人心を掌握《しょうあく》するに必要なものは、それよ。だがユヌスよ、人間とは、自分と他人の選択の瀬戸際に立てば必ず自分を取る、と私は考えておる」

「………」

「サンホークに従う者たちといえど、恐らく彼我《ひが》の生命を天秤《てんびん》にかければ、まず全員が自分を選ぶであろう。ただし、それでもなお、そうだな十名も自分を捨てて相手を選ぶ者がいるならば、そ奴は本物だ。恐らくは、我らにとって最大の敵よ。おればよいな、ユヌス？」

「は？」

と眼を細める副官へ、

「私はな、〈辺境区〉管理を命じられたとき、内心小躍《こおど》りしたものよ。これで貴族以外の敵と戦えるとな」

「そうでございましょう」

副官は静かに答えた。

「相手は、ＯＳＢであった。人間は敵の範疇《はんちゅう》にも入ってはおらなんだ。事実、私を見る彼奴《きゃつ》らの眼は恐怖に満ち、その態度は卑屈であった。だが、半年もせぬうちに、その意気地なしどもの中に、異質の——敵意に満ちた眼差しが生じはじめたのだ。彼奴らの町や村を巡るたびに、私の血が幾度沸き立ったことか。虫ケラの歯といえど、噛まれれば痛いものだ。いつしかそれが、獣の牙になることを想像するがよい。新たなる敵の誕生――これほどの愉悦があるか？」

ユヌスの背すじはふたたび戦慄した。グレイランサーが笑ったのだ。

「だが、新たなるだけでは足りん。私が求めるのは真の敵だ。この私に天を仰いで、我敗れたりと嘆息させる力量の持ち主よ。サンホークとやら、期待しておるぞ」

大貴族の身体は自らの妄想に震え、太い眉の下の眼は真紅《あか》くかがやきはじめた。

それが、急に止まった。

「――何か？」

訝《いぶか》しげなユヌスへ、

「近づいておるぞ」

とグレイランサーは告げた。

2

「上方より飛行物体確認」

アナウンスは同時であった。

「まさか⁉」

ユヌスの驚きの声は急速にしぼんだ。納得したのである。

オートダインは左右を巨大な岩壁で封じられた空中の一本道を降下中であった。

狙うならこのときを措《お》いてない。だが、三百六十度をカバーする三次元レーダーは、全方位へのレーザー砲、次元砲及びミサイルの攻撃を可能とし、なまなかな襲撃者を待つものは、死の迎撃であった。

オートダインの後方に、ムササビのごときフライング・スーツをまとった人間が現われた。岩壁に沿ってオートダインに接近して来る。時速二百キロとスクリーン上に表示が現われた。

素粒子砲の真紅の光がその身体を貫き、あっさりと弾《はじ》き返される。防御塗装が施されているのだ。

撥《は》ね返された光はオートダインを直撃した。グレイランサーの搭乗機に防御体《バリヤー》は張られていない。敵と同じく防御塗装のみだ。グレイランサーの矛《ほこ》は、グレイランサーの盾《たて》を貫いた。

「メイン・エンジン被弾」

とグレイランサーは面白そうにつぶやいた。

「慣性航法装置被弾。イオン・エンジンへの交替システム被弾。——推力低下。自己修復は不可能です」

とアナウンスが伝えた。

「御前、脱出のご用意を」

ユヌスの声を聞いていないのか、それとも落ち着いた響きのせいで気にもならないのか、グレイランサーの反応は、

「この機の急所をよく心得ておる――逃がすな」

であった。

すでに地上すれすれに遠ざかっていたムササビの姿が陽炎《かげろう》のごとく歪み、ふっと消えた。

「次元砲命中。脱出装置稼働不可能です」

愕然と自分をふり返る副官へ、

「そこまで計算しての攻撃か。サンホークとやら、傑物と見える」

「御前」

「やむを得ぬ。それより、これくらいでは我らを斃《たお》せぬと承知しているはずだ。ユヌスよ、くれぐれも槍と剣と杭《くい》には注意せい。また会おう」

「大地と衝突まで五秒」

アナウンスが冷静に告げた。

「四秒」

とグレイランサーはつぶやいた。

「三秒」

ユヌスである。

「二秒」

アナウンス。

「一秒」

グレイランサーの言葉を、衝撃と炎とが呑み込んだ。


貴族の懐古趣味は、乗り物と使用燃料にも表われていた。イオン・エンジンを装備し、太陽エネルギー吸収変換装置も装備していながら、メイン・エンジンは古典といってもいい化学燃料式にまかせていたのである。通常ならその故障時に、間髪入れずイオン・エンジンへの切り替えが行われる。だが、今回の敵の打ち返しは、これらのシステムすべてを破損させていた。飛行速度、ビームの反射部位、反射角度——精密に計算し尽したのみか、オートダインをかような目に遇わせたのは神技としかいいようがない。

墜落地点から百メートルも離れた巨石の頂きで、グレイランサーは、その名のとおり銀灰色の長槍を手に、燃え上がる機体を眺めていた。

髪の毛一本、服の表面《おもて》に焼け焦げさえもない。

物理的にいえば、グレイランサーは、ユヌスや護衛たちもろとも四散してしまったのである。

ここが奇妙なところなのであるが、修復可能な状態——一例を挙げれば、身体が二つになっても、どちらも無事な場合、両者をつなぎ合わせればたちまち甦る。上半身のみ無事なときは、下半身を有機機械化しなければならず、改めて上半身も吹きとばすか、サイボーグとして生きる他はない。

ならばいっそ、今回のように完膚《かんぷ》なきまでに破壊されてしまった方が、グレイランサーのみならずあらゆる貴族にとって、スムーズに復活が可能なのである。敵との戦いでその半分を失った場合、自らを爆砕して復活する者もいるのだ。こればかりは敵の計算違いといえた——否。

月光と炎に照らし出されつつ次々に岩上や地上に姿を現わす部下たちを見やりながら、グレイランサーは右手をひとふりした。

唸《うな》る長槍の一撃を受けて弾きとばされたものは、弩《いしゆみ》用の鉄矢であった。敵は崖上で待ち受けていたのだ。落下地点までほぼ正確に予測していたに違いない。周囲はたちまち矢の唸りと、岩にぶつかる響きとで満ちた。

復活したばかりの兵士たちが次々に倒れ、今度は完全なる死へと消えていく。敵は暗視装置を着けているとしか考えられなかった。防御体《バリヤー》の使用は兵の自由にまかせ、グレイランサー自身は設定していない。これは彼自身の剛毅《ごうき》さによるものだが、兵士たちも警備時以外は使用を断っている。グレイランサーに心酔し切っているためだ。

崖上から雨あられと降りそそぐ矢をことごとく弾き返しながら、

「一の手二の弓三の槍か——やるな、サンホーク」

微笑さえ浮かべてつぶやいたのは、自らの不死に対する信頼ではなく、心底嬉しいからであった。彼は総毛立っていた。

「だが、しくじったぞ。初撃を外せばおまえは永久に私には勝てぬ。見ろ」

槍が躍った。

岩壁の縁《ふち》がみるみる朧《おぼ》ろにかすみ消えていく。次元砲の一閃《いっせん》であった。貴族が本来有する科学力を駆使すれば、人間たちは歯も立たないのである。

兵士たちの応射もあり、崖上からの攻撃はことごとく沈黙した。

立ち尽すグレイランサーの許へ、ユヌスと護衛兵士たちが、重力場ベルトを使ってやって来た。

「ご無事で何よりです」

とユヌスが言ったのは、儀礼上のものだ。この程度の攻撃でどうにかなるような主人ではないと、わかり切っている。

「すぐに兵の損害を調べ、隊列を整えます。反逆者どもの追跡は――」

「やめておけ。これほど用意周到な奴らだ。逃げ道の確保も怠りないわ。それよりも、先を急ぐぞ」

「かしこまってございます」

ユヌスがこう応じたとき、下方から鉄蹄《てってい》とエンジン音がやって来た。

やがて谷底に停車した代官所の磁力輸送車から、荷馬車とトラック、数頭のサイボーグ馬が

こぼれ出すのを見て取って、

「人間にも気の利く奴がおるな」

グレイランサーは白い歯を見せた。歯とは牙の別名である。

はたして、荷馬車もトラックも、ツトロージェの村から村長自らが率いて来たものであった。村への訪問は隠密行動だが、落下時にユヌスの命でパイロットが連絡を取っておいたのである。

「びっくりいたしました。ご領主さまの飛行体が墜落するというのもそうですが、それが人間の手になるとは。何という愚か者か。誓って申し上げますが、私どもの村の人間では――」

村長は、オートダインの警備隊長に哀願するように両手を組み合わせた。貴族側に負傷者はなし。死者の灰は、生き残りの兵士と代官所のスタッフが瓶《びん》に収めている。

隊長は面倒臭そうにうなずいた。

「わかっておる。あれは正規の訓練を積んだ者たちの仕業だ。だが、もしも、この村の者が一名でも反逆者どもに加担しているとわかれば、老若男女を問わず村ごとこの地上から消えてなくなることを覚悟せよ」

「もちろんでございます。村の者たちにも不審な輩を見つけたら、その足で代官所へ訴え出ろと、日頃からきつく申し渡してございます」

隊長はうなずいた。

「まずは御前を村へ」

「いや、遺跡へだ」

二人は呼吸《いき》を止め、自分たちを見下ろしている巨人の影を見上げた。

「ご領主さま」

「御前」

「村に用はない。遺跡と死者たちの身体だけだ。村長、あの馬を借りるぞ」

「それはもう」

村長が返事を終える前に、巨人はサイボーグ馬の一頭に歩み寄り、横腹にひと蹴り入れるや、月光を撒《ま》き散らしつつ疾走を開始した。

「お、お早いことで」

心臓を抜かれたようにつぶやく村長へ、

「何が何でも自分の眼で確かめねば気が済まぬ——あれが我らのご領主じゃ」

と警備隊長は惚《ほ》れ惚《ぼ》れと、しかし、苦鳴を洩らすかのようにつぶやいた。

「ですが、どちらへ」

「こんなど田舎で、遺跡以外にあるものか」

「場所も聞かずに行かれましたが、ご存知なのですか？」

「知らん」

「は？」

「わしらはな。だが、あの御方は知っておる——そういう御方だ」

訳がわからんという表情で、村長は、

「お伴も連れずに、よろしいのでしょうか？」

「ふむ」

といい加減に応じた後で、警備隊長の顔色はみるみる紙の色と化し、ユヌス副官を求めて、兵士たちの群れへと走り出した。


遺跡への道は、オートダインの内部《なか》で記憶してあった。

規模は東西五百メートル、南北六百五十メートル——さして巨大とはいえない。

三千年ほど前、荒涼たる辺境の地であったこの大地にこれを築いた貴族の名はわかっているが、その用途はいまだに謎だ。宗教施設、実験所という見解が最もポピュラーだが、具体的な証拠は、神像ひとつ、歯車一個、発見されていない。

巨石を組み合わせた正門から入って、前庭で馬を下りると、グレイランサーは堂々たる足取りで広場の北にある墓所の方へ進んでいった。

小門があった。そこをくぐり、狭い通路を二度曲がると、ど真ん中に直径二メートルほどの穴を開けた石扉の前に出た。その向うが玄室であった。

村や代官所の役人はここから出入りしたらしく、穴の下部には土がこびりついていた。

「爆薬か。大した武器を持っておる」

彼は穴の縁に足をかけ、軽々と内部へ侵入した。

石床には幾つもの焼け焦げと窪《くぼ》みが残っていた。

熱線シャワーを浴びたに違いない。形態が異なるのは、出力の違いだろう。

「人間同士が戦い、十一人が死んだ」

とグレイランサーはつぶやいた。

「そして、OSBが二体加わっていたと告げたのはサンホーク。おまえはOSBと手を組むのを潔《いさぎよ》しとせぬ者か」

白いマスクの中と横で、瞳が赤光を放った。

二十メートルも離れた広間の西の壁の下あたりに、かすかな盛り上がりを認めたのである。

近づくと、敷石のひとつの端が斜めに沈み、それにともなって反対の端が持ち上がっているのだ。

わずか三ミリのそれを、代官所の鑑識も見逃したらしい。

グレイランサーは人差し指を持ち上がった端に近づけた。長く鋭く美しい爪であった。

その先を敷石の端にかけ、くいと引き上げると、無抵抗に石ひとつ分の窪みが生じた。

そこに小さなかがやきが見えた。

ふたたび長い爪がそれをつまみ上げた。

粗末な真鍮《しんちゅう》の指輪を、グレイランサーはしげしげと眺めた。

裏側に文字が刻まれていた。

セネカへ　愛をこめて

隠しておいたものか。

否。敷石はずれてこそいたが、あれほど深く嵌《は》め込めるものではない。

何かの拍子に最初からずれていた、或いははずれたばかりのところへ、指輪が落ちたのだ。意図的かどうかはわからない。指輪は人間のものだ。最後に敷石を嵌め込んだのは、踏みつけたものだろう。

グレイランサーはそれをポケットに収めた。

突然、視界が歪んだ。

空間の歪みではない。玄室自体の歪みであった。

次の瞬間、数千トンの重量が大貴族の頭上から降りかかって来た。

3

「圧搾《あっさく》弾成功」

遺跡を見下ろす丘の頂きで、低い声が告げた。

その周囲に集《つど》う十数個の人影の間を、一瞬、熱い波が駆け巡ったが、誰ひとり声を立てる者はなく、

「狙いを続けろ」

と別の、野太い男の声が命じた。

「了解」

応じたのは、全長二メートルを超す大型長銃の銃身を二脚ポッドで支えた五名の射手である。最も精密な射撃を要求される姿勢《ポジション》であった。

指は引金にかかっていない。触れただけ――十グラムの圧力がかかっただけで撃鉄が落ちる羽毛《フェザー》タッチにセットしてあるのだ。

「やはり来たな、サンホーク。おまえの計算どおりだ」

渋い男の声に、

「問題は次だ」

夜風の流れを気にしながらこう言ったのは、濃緑《ダーク・グリーン》のロングコートに、何枚ものマフラーを巻きつけた男であった。右手には多銃身杭打ち長銃を下げている。若い。二十代だろう。だが、右眼を塞いだ黒いアイパッチが伊達《だて》ではない証拠に、美しいとさえいえる顔は、生まれつきの資質に死闘を重ねて生まれた精悍《せいかん》そのものであった。

最初の声の主は、電子望遠鏡を手にした貫禄《かんろく》たっぷりの壮漢なのに、少しも見劣りがしない。

「だが、あれで奴が滅びたはずはない。じきに出て来る。おれたちの攻撃が成功するかどうか――おまえは立ち去れ」

「よせよ、グルーデン」

と若者は、その名のとおり獲物を狙う猛禽《もうきん》の眼差しを相手に向けた。

「ここまで来て引き下がれると思うか？　どうしても遠ざけたいのなら、この中の誰かを行かせろ」

「しかし、万が一のことを考えろ。いま、おまえを失うわけにはいかんのだ」

「ここで果てるなら、それが天命だ。間違ったリーダーを選んだ過ちを取り返すチャンスだぞ」

「へそ曲がりが」

壮漢――グルーデンは左肩に下げた、自動火薬小銃と連発式楔《くさび》銃をセットにした複合ライフルのストラップを少しずらしてから、

「みな、サンホークはおまえらとともに死ぬ覚悟だ。その決意を無駄にするな」

これで他の全員の胸に熱いものが湧き上がった。

「力むな」

とサンホークは低く、しかし、穏やかな口調で言った。

「それで狙いを外しては何にもならん。グレイランサーを仕留めたら、みなでライトメイト村の酒場へ行こう。あそこのラム酒は最高だ」

闇の中で、イエイ、という叫び声が幾つも上がった。親指を高々と上げる者もいる。

――大したもんだ
グルーデンは舌を巻いた。

――たったひと言で、緊張で石みたいだった狙撃班をリラックスさせちまった
突然、その当人の声が走った。

「岩が動いた。出るぞ」

すでに倒壊した遺跡へ眼をやっていたサンホークを見つめて、この壮漢はしみじみと、

――何て男だ。いまの声。愉《たの》しんでやがる
おお⁉

押し殺した声が何処かで上がった。

崩壊した石の山の一角――五挺の大型狙撃銃の共通標的――が、出し抜けに巨石を撥ね上げ

たのだ。

地響きが伝わる前に、暗視銃の眼は一トンもある岩を放り出した道具を映していた。

一本の長槍を。

それが引かれ、また岩が舞い上がった。ハリボテのように。

「次で出て来る。狙え」

グルーデンの指示に、一党の周囲で闇が固まった。

そのとき——世界が白くかがやいた。

上だ！

ふり仰ぐ頭上に、まばゆい光を放つ円盤《ソーサー》が停止したところだった。


頭上から降り注いでいた光が消えたときから、待つのは異変だとわかっていた。だが、グレイランサーはためらわずに外へ出た。

立てた長槍が、天井から落下した石板を傘状に支え、その下の身体は奇跡的に無傷であった。

敵の狙いは次だとわかっていた。

岩の中から脱出した瞬間、無数の杭が全身を貫くだろう。だが、彼は一瞬のためらいもなく、石塊を撥ね上げた。

光が消えたのはそのときだ。

いっときも待たず穴からとび出した大貴族を迎えたものは、気がふれたかと思えるような静寂を湛《たた》えた夜の闇であった。

どうやって気づいたのか、彼は丘の頂きを見やってこう声をかけた。

「何をしている？　討たぬのか？」

咆哮《ほうこう》を思わせる声であった。

「討たん」

と声が上がった。距離のせいで遠い。それなのに、グレイランサーの眼光を鋭くさせるだけの感情がこもっていた。

月光のみで、グレイランサーには、丘の頂きに立つ隻眼《せきがん》の男の姿が真昼のように見通せた。

急に吹き渡った風が、ケープとコートを大きく翻らせた。

「うぬがサンホークか？　最後の詰めで仏心を出しても、感謝などせぬぞ」

「聞くがいい、グレイランサー。貴族という鬼畜の頭目よ」

サンホークの声は低く、小さく、しかし、壮絶な怒りと憎しみを伝えて来た。

「おまえがそこから出て来る前に、おれたちはある戦いを見た。天から下りて来た光の円盤が、別の飛行体に駆逐《くちく》される様をな。グレイランサーよ、二つ目の奴が何か告げたわけではない。だが、われわれの武器だけを溶かされてしまっては、おまえを討つなとの真意と考えざるを得ない。最初の円盤はＯＳＢだろう。では、あれは何者だ？」

グレイランサーも一瞬、その点に思考をふり向けたが、結論は出なかった。

彼は言った。

「この遺跡で二派の人間どもが戦った。ひとつはOSBと手を組むつもりだったらしい。それを快く思わぬもうひとつは──おまえか？」

「この星の覇権を巡って争うのは、この星で生を受けたものたちに限るべきだ──そうは思わんか、グレイランサー」

「ふむ。人間にしては上等な世迷《よま》いごとを抜かしおる。そのとおりだ」

「だが、おれたちにとって、おまえたちもOSBも、所詮は一蓮托生《いちれんたくしょう》の化物だ。おれがここでの集まりに嚙みついたのは、そんな奴らと結ぶ者たちの浅ましさを叩きつぶすためだ。OSBがおまえたちであっても、おれは同じことをしただろう」

「当然よ。OSBを見逃すなど、この星に生まれたもののすることではないわ。サンホークとやら、ひとつ提案しよう。あらゆる人間どもをその手で始末した後、おまえも自裁《じさい》せい。さすれば彼奴らと手を組もうなどという恥知らずはこの星から一掃されるであろう」

貴族の反乱分子がOSBと結託しかけたことを、グレイランサーは隠している。

サンホークの声が低くなった。

「人間とは弱いものよ。おれはそれを痛いほど知悉《ちしつ》した上で、彼らを率いている。戦いのたびに、それは明らかになるばかりだがな──グレイランサーよ、また会おう」

サンホークの身体は丘の向うに隠れた。

「逃がさぬ」

当然だ。長槍の先は丘の頂きを消滅させた。

同時に、おびただしい影が空中へ舞い上がったのである。

さしものグレイランサーが思わず、ほお、と洩らした数千のそれは、すべてマフラーを翻《ひるがえ》したサンホークであった。

「小癪《こしやく》な奴。幻法《めくらまし》を使いよるか」

こうつぶやいた顔はもう、笑っている。

おびただしい反逆者の姿はみるみる虚空《こくう》に消え、グレイランサーもふわりと空中に舞い上がった。

重力場ベルトではない。全身での跳躍だ。距離なら十メートル、高さなら五メートルを軽々とクリアし、五秒とかからず消滅させた丘の頂きに到着した。

月光が、ガラス状に結晶した表面を紫にかがやかせている。〝消滅〟用エネルギーだから、熱の残留は一切ない。照射した瞬間でさえ、熱は発生しなかったのである。

五メートルほど上空からその一帯を眺めて、グレイランサーは、

「空へ逃げたのは幻影。すべてサンホークであった。彼奴のごとき男が脱出ルートを確保していないわけがない。幻法が空ならば、実体は――」

斜面に沿って彼は丘の反対側へと移動した。

荒野が広がっている。小川の水が月光を反射して銀色にきらめいた。

地上まで跳躍し、長槍の石突きを地面に当てた。

すぐに戻して、

「――ここだ」

地面の一点に、ふたたび石突きを刺した。

大地は三メートルの幅で陥没した。それは南へと延びた。遺跡の通路でもあったろうか。

「急ぐがいい、サンホークよ。地上への脱出点まで急げ。さもなくば、暗く冷たい地の底でノシイカだ」

陥没ははたして別の丘の麓《ふもと》で中断された。

「ここまでか。おまえの運に賭けてみるがよい」

こう投げかけて、グレイランサーはもとの遺跡へと向きを変えた。

ふと、つぶやいた。

「彼奴、私を狙ったOSBの攻撃を防いだものがあると言っていたが、それは誰だ？」

双眸《そうぼう》が紅く燃えはじめた。

第三章　餌辞退

1

村へ戻ったグレイランサーへ、村長が是非拙宅へと申し出ている旨、代官所の長官を通して、警備隊長から連絡があった。

「ご領主さまに目通り願えるとは、生きている間はないと思っておりました。このような機会を得ることは村人にも励みになります——こう申しておるそうですが」

村人全員がそこで生まれ、一歩も外へ出ぬまま朽《く》ちていく北の果ての小村の長《おさ》とすれば、嘘いつわりのない心情であったろう。

「それは構わぬ」

この辺がグレイランサーのグレイランサーらしいところだ。

「だが、村人の励みになる、とは?」

「この村の居住者はひとり残らず、御前の心服者でございます。極北の村々の例に洩れず、生きていくのが精いっぱいの村の救いは、御前の代になってから始められた年三回の特別援助でございました。その点、深く感謝しておりますと、代官所も申しておりました。村の者にとって、御前は救世主に等しい存在なのでございます。その御方のためになると思えば、彼らも苛酷な農作業に精が出るというもので」

夜明け前にということで、グレイランサーは副官のユヌスともども村長宅の居間で酒杯を干した。

「これは美味ですな」

ユヌスが感嘆の声を上げた。

グレイランサーはうなずいたきりである。

その中に満足気な気配を敏感に察して、村長は両手を打ち鳴らした。

居間に二人の娘が入って来た。若さが匂い立つような桜色の肌が、粗末な服を粗末と見せなかった。

「なかなかのものですな」

ユヌスが小声で言った。

テーブルをはさんで貴族たちの前に立った二人を、

「手前の娘でございます。右がシンクレア、左がボネッタと申します。いま召し上がったのは、

「成程、この美貌なら、あの美味もわかりますな」

とユヌスが感心するのへ、

「大事はないか？」

とグレイランサーは話しかけた。

笑顔をこわばらせていた二人の娘は、まず眉を寄せ、それから顔を見合わせ、信じられないという表情を作った。

「ありがとうございます。お声をかけていただいて嬉しゅうございます、敬愛するご領主さま」

と声を合わせた。

彼女たちから採り、二人の貴族に供された飲み物が何かは言うまでもあるまい。

貴族にとって、その味、その含有物質から最良の品は、やはり絢爛《けんらん》と花咲く青春の血潮であった。

男性貴族は、濃艶な熟女や無垢《むく》な小児、幼児の血よりも、清純可憐《かれん》な娘たちのそれを慈《いつく》しんだし、女性貴族たちの好みは、やはり逞《たくま》しく、汚れを知らぬ若い男たちの鮮血であった。

それは味や栄養素などの他に、前述のごとき観念的、抽象的な概念によると、ほとんどの碩《せき》学《がく》が認めている。

まさしくかぐわしい大輪の白い花を差し出して、

「少々、しなければならないことがございます。何とぞ、くつろがれますように」

こう言って村長が席を立とうとすると、

「お先に失礼してもよろしいでしょうか？　負傷兵士たちが気になります」

グレイランサーの許可を得て、ユヌスが先に部屋を出てしまった。

「何か、お気に障ることでも」

と蒼白になる村長へ、

「気にするな」

と大貴族は片手をふり、

「この二人、私が相手をしよう」

安堵《あんど》のあまり、よろめくように村長が出て行くと、シンクレアが戸口へ寄って、明りのスイッチを切った。

闇が落ち、ランプの光がはかない道標《みちしるべ》のようにあちこちに点った。

シンクレアが戻るのを待って、二人の娘は、ソファにかけたグレイランサーの左右に滑り寄った。

「心の臓が鳴っておるぞ」

グレイランサーの指摘に、二人は胸に手を当てて、

「ご領主さまが、あまりに美しくて」

「ご領主さまが、あまりに逞しくて」

声を合わせて、

「嬉しさのあまり、胸は張り裂けそうでございます」

それから、ボネッタが熱い息を混じらせて、

「お部屋は用意してございます」

と言った。

「まこと悪鬼のごとき評判とは裏腹な、素晴らしい御方。まるで冬の凍湖のような、同時に夏の草原のような」

娘たちのこの讃辞に対して、グレイランサーはにべもなく、

「村長も下手な手を使いおる。おまえたち、あの男の娘ではあるまい」

静かだが、地鳴りのような迫力があった。

偽るのも忘れて、

「――どうしておわかりでしょう?」

とシンクレアが訊いた。

「顔が違いすぎる。同じ血はどこかに同じ造作を作り出すものだ。おまえたちにはまるでそれがない。目出度いことだがな」

最後の言葉が冗談かどうか測りかねている表情へ、

「好んで来たか？」

「それは、もう」

「勿論でございます」

「ならば、なぜ精神昂揚剤を使っておる？　アルコールよりもきつい匂いがするぞ」

娘たちは硬直し、あらゆる手段が尽きたことを知った。

「人間の処女というのはよくわからんが、進んで貴族に白い喉《のど》を差し出そうとする理由は、まず良い処遇のため——違うか？」

シンクレアは俯《うつむ》き、ボネッタは哀しげな眼を籠絡《ろうらく》すべき相手に向けた。

「すべて仰《おお》せのとおりでございます」

「私は両親を村の介護施設へ入れるため、シンクレアは、家族への食料の援助を倍にしてもらう約束で、ここへ伺いました」

「グレイランサーが歓ぶと聞いたか？」

「はい」

ボネッタは眼を丸くした。

「——まさか、まさか、そうではないと仰いますか？」

「あたくしたちの血では、お気に召さないと？」

「いいや」

グレイランサーは二人の髪を撫でた。それだけで娘たちは恍惚《こうこつ》とのけぞり、黄金の刺繍《ししゅう》を施した胸に顔を埋めた。

「他国の村では、おまえたちのような娘を育成するための施設があるという。諾々と従う運命とはいえまい。私の口づけを受けたいか？　正直に申せ」

恐るべき大貴族の、冷たく優しい声に、ボネッタが反応した。

「誰が誰が誰が、こんな」

激しくかぶりをふった。

「貴族なんて、人間の血を吸って生きる化物なんて――そんなところへ、喜んで来る女なんかいるものか。あたしは両親のために身を捧げに来たのよ。貴族に手ごめにされれば、いい思いもできるっていうしね。ねえ、ご領主さま、中途半端な扱いだけはしないどくれ。あたしの血を一滴残らず吸って、あんたの召使いにしてちょうだい」

冷厳この上ない眼が、シンクレアの方を見た。

「おまえはどうだ？」

「――あたくしは――あたくしは――食べ物が欲しくて。他に何もできません。だから。お願いでございます。この血を吸い尽して下さいませ」

「他に兄弟はおらぬのか？」

「兄と弟が」

「幾つになる？」

「二十二と十四でございます」

「五年ほど前、それくらいの年齢《とし》で、私に牙を剝いた若者がいた。私は、男はそうでなくてはならぬと思う。自分の姉が、妹が、自分たちのために貴族に身を捧げると言ったら、生命を賭《と》して止めい。その若者は最後は母親の生命と引き換えに逃げ出したが、まあ、人間としては許容範囲であろう。おまえの兄弟は止めもせなんだか？」

「はい」

「私を憎む前に、彼らを憎むがよい」

「できません」

とシンクレアは言った。震えてはいたが、しっかりとした声であった。

「ほお、なぜだ？」

シンクレアが気弱な娘なのは明らかだった。ほんの数秒、昂揚剤とやぶれかぶれとグレイランサーの眼差しが、それを忘れさせた。彼女は真っすぐ恐るべき貴族の眼を見つめて言った。

「ご領主さまは、あたくしたちの――人間の飢えというものをご存知ないのです」

「確かに知らぬな」

「冬が来て、自家発電の燃料もなくなり、ジャガイモも小麦も一日ずつ減っていく。妖物と寒さに荒らされた畑からは何も採れず、ご領主さまから与えられたという食料はひとかけらも届きません。冬は三ヵ月も続き、そこに待つ運命を知りながら、みなどうすることもできないのです。壁土を口にしたことはおありですか、ご領主さま？　毒と知りつつ沼の水を飲んだことはおありですか？　それが人間です。こうしなければ生きていけないのが人間なんです。一匹の虫を奪い合って、父親と子供が殺し合うのをあたくしは見ました。二人とも死んで、あたくしが虫を食べたいと思いました。だから、兄と弟の代わりに血を吸われるくらい何でもありません。彼らが同じ運命に遭ったとしても、あたくしは止めも悲しみもいたしません」

「わからぬな」

グレイランサーはかぶりをふった。心底わからないのだった。

「人間の肌の下には熱い血が流れているはずだ。自分のを飲めとは言わぬ。なぜ、他人の血をすすらぬ？　また、肉も豊富についておろう。飢えて死ぬ前に、なぜそれを口にしようとは思わぬのか？　人間がそれをせんというのは聞いたことがあるが、死ぬよりはましとも聞いた。ボネッタとやら、おまえはどうだ？」

桜色の顔が、ああと洩らして何度も横にふられた。それは徐々に弱まり、じきに娘は動かなくなった。

シンクレアが答えた。

「しますとも。血もするし、肉も食べますとも。でも、それをしてはいけないの。それをしたら、人間ではなくなってしまうから」

「ほお、人間であるとはそれほど大層なことか。人間にとって、いちばん大事なものは生命ではないのか?」

「生命、生命、生命」

とシンクレアは憑《つ》かれたように言った。きっと眼を見開いて、眼の前の巨人を、生命を燃焼させるかのようににらみつけた。

「生命って——ご領主さま、あなたはそれが何かご存知なのですか?」

「勿論だ」

と答えて、グレイランサーはそれが嘘だと、いまはじめて気がついた。

「——いや、知らぬ、な」

シンクレアの唇から長い吐息が洩れた。

それが終わると、彼女は少し笑った。眼は涙ぐんでいた。

「よかった。それなら、あなたはあたくしたちより幸せです。生命とは何なのか、考えることができるから。でも、あたくしたちは、もう考えすぎました。理解できたかどうかわからないけれど、ご領主さま、あたくしの血を吸って下さい。しばらくは熱いと思います」

何のために用意していたのかはわからない。いつの間にか手にしたナイフをシンクレアは心臓へ突き立てた。

くずおれる娘は、もうひとりの精神を崩壊に導いた。

「シンクレア⁉」

ボネッタは金切り声を張り上げ、嫌、嫌と口走った。

「パパ、ごめん、ママ、ごめん。カッコつけたけど、あたし、やっぱり、ダメ。帰る——帰ります」

彼女は立ち上がり、グレイランサーに深々と頭を下げてから、ドアの方を向いた。その背に、

「両親の介護はどうする？」

鉄の声がぶつかり、彼女をよろめかせた。しかし、ボネッタは返事もせずにすぐ、ドアの方へ歩き出した。


三十分ほどして二人の処女とその血の首尾はどうかと、用意の寝室を訪れ、誰もいないことに驚いて居間へとやって来た村長は、想像もつかない企ての結果を見て、その場にへたり込んだ。

グレイランサーの姿はなく、ソファの上には、血にまみれたシンクレアの自刃《じじん》姿が横たわり、床にはボネッタが大の字になっていた。

後にシンクレアは血を吸われていなかったと判明したが、ボネッタは床にも身体にも一滴も残っていなかった。その首が胴からもぎ取られていたにもかかわらず。

シンクレアの家には、次の月のはじめから約束の食料が届けられ、ボネッタの両親は介護施設に無事収容されることになる。

惨劇の現場で声も出ない村長の肩に冷たい手が置かれ、それだけで彼は凍死人《とうしにん》と化した。

「ひとつ聞かせてもらいたいことがある」

とグレイランサーは言った。

「――何なりと」

村長は惨劇の理由を訊くのも忘れた。

「セネカという名前を知っているか?」

「いえ」

即答であった。眼前の光景が、答えを間違えたら村ごと消されるという現実に即した恐怖さえ考慮させなかった。グレイランサーがいま質問したのも、それを見越してのことであったろう。

「よし。では、私は去ろう。世話になった」

「は、はい」

ようよう応じた村長の足下へ、美しいかがやきと音とが生じた。

一枚の千ダラス金貨であった。家が一軒建つ。

「床の汚れはそれで許せ」

「そ、それはもう」

金貨より出ていってくれと、村長は胸の中で祈っていた。

大貴族の足音が静かに去っていくと、村長はようやく失神することができた。

2

夜明け前にビストリアに戻ったグレイランサーは、〈管理区〉の全住人からセネカの名のつく者を当たったものの、徒労に終わった。

「——となると、他の〈管理区〉の者か？　それとも放浪者か？」

名も素姓も捨てた放浪者のほとんどは重犯罪者である。愛をこめてと記された指輪に縁があるとは思えなかった。

——やはり、他の土地の者か
各〈辺境区〉へ尋ねてみようかと思い立ったとき、通信局がサイコロプス街道をやって来る訪問者からの連絡を受けたと告げた。

その名を聞いたとき、グレイランサーの顔に、他の誰も見たことのない、否、見られるなどとは想像もしなかった驚きの表情が浮かんだ。

「バーソロミュー大公、隠密行動のお好きな方だ」

庁舎の広大な迎賓の間《ま》に、威風堂々と乗り込んで来たのは、〈制御火龍〉に引かせた戦車六台と荷馬車十台の小規模な一隊であった。

通常、大公クラスの旅となれば、この百倍の行列が最低のスケールだ。担当者の意志ではあり得ない。

行列が静止するなり、先頭のろくすっぽ飾りも彫刻もない鋼《はがね》を折り曲げただけの戦車から、ひらりと身を躍らせた影がある。グレイランサーより頭ひとつ低いが、幅と厚みは三倍もありそうな巨体であった。それが足音も立てずに大貴族の前に着地するや、自ら片手を差し出し、

「よおよおよお、我が子よ」

悠々と大貴族の許へやって来たのである。

頭部の簡素なヘルメットといい、緑のケープの下のグレーの戦闘服といい、グレイランサーが派手な見栄坊に見えるほどの質素さだが、五重顎の上のつぶれたスポンジ・ケーキのような顔に象嵌《ぞうがん》された眼は、大貴族にひけを取らぬ凄愴《せいそう》な光を放っていた。

勿論、当人の言葉に反して血のつながりはない。

グレイランサーの手を握りしめると、激しくふり廻して、

「変わらぬなあ、その面構《つらがま》え。やはり、わしの息子だ」

惚《ほ》れ惚《ぼ》れと見つめてから、素早く四方へ眼を走らせて、

「ここも変わらず無愛想か。迎賓の間といいながら、飾りのひとつもない。これぞ、真の男――貴族の住むところよ。虚飾などひとつも要《い》らぬ」

「恐れ入ります」

大公は、見事な髭の、見事に跳ね上がった先をつまみながら、戦車の方をふり向いて、

「ドルシネア――息子は少しも変わっとらんぞ」

と声をかけた。

「まあ、よろしいこと」

馬車の中から金鈴のような声が上がった。グレイランサー以外の、それなりに華美な貴族の生活に慣れているはずの将官たちが思わず眉をひそめたほど、絢爛たる人生を送って来た女の声であった。

戦車の天井が開き、まばゆい光を放つ重力シートに乗った、百倍もまばゆい人影が、優雅にグレイランサーと大公の傍らに舞い降りた。

黄金の土台に太陽系内のあらゆる宝石をちりばめた冠の値段は、四〈辺境区〉のひとつに匹敵するという。水星でしか取れぬ変形水晶をつなぎ合わせたそのドレスは、そのさらに数千倍――もはや値段もつかぬ。

大公に負けず劣らずの老齢だが、一万歳近くとの噂《うわさ》を信じれば、これは信じられない艶やかな肌と、全身から滲《にじ》み出る妖艶さが十分に女としてのバランスを保っていた。蠟燭《ろうそく》を近づけた

だけで燃え上がりそうだ。

　バーソロミュー大公グリークの妻、ドルシネアであった。

　こちらもしげしげとグレイランサーと周囲の光景を眺め、

「夫の教えを馬鹿正直にお守りだこと。せめて料理とお酒くらいは、あたくしの趣味に合わせて欲しいものね」

　とにこやかに笑いかけた。

　グレイランサー以外の男たちが思わず眼をしばたたき、頭をふったほどの淫《みだ》らさ――罪といってもいい。

「ネル、スザンダー――お二人をお部屋へ」

　グレイランサーが命じたとき、大公が片手をふって、

「いや、タエはどうした？」

　と訊いた。

「ここに」

　静かな小波《さざなみ》が空気を渡って来た。

　ふり向いたグレイランサーだけが、奥のドアの前に立つ、しなやかな娘を認めた。

　タエ。

「おお、無事であったか？」

大公は、グレイランサーへの十倍も慈愛に満ちた笑みを浮かべて、そちらへ歩き出そうとした。

「あなた」

にこやかに咎《とが》める声に、うむと向きを戻し、タエの方がやって来ると、

「お健《すこ》やかなお姿を拝見し、恐悦至極に存じます」

床に片膝をついて、二人の手の甲に唇を当てた。

「おまえも変わらぬ――いや、わしの許にいたときよりも元気そうじゃ。おお、我が息子の寵《ちょう》愛《あい》を存分に受けていると見える。いや、嬉しいぞ」

高笑いが鳴り響いた。

グレイランサーひとりが憮《ぶ》然《ぜん》と立ち尽し、背後ではユヌス以下の将たちが、血の流れていないといわれる吸血鬼の血管さえも凍りつかせている。

6PMの朝食が済むと、居間で歓談の時間《とき》となった。

夫――グリークが自前の葉巻を取り出したのを見て、

「男らしいのもいいけど、客へのもてなしにもう少し気を配ったら？」

これも自前の飲み物を、連れて来た侍女にグラスへ注がせながら、ドルシネアが皮肉を利かせた。

「よさぬか」

思い切り紫煙を噴き上げてから、大公が重々しく止めた。完全に尻に敷かれているわけではないらしい。

「我が息子には〝客〟と呼ぶべき相手が決まっておるのよ。もてなすべきは、その客のみだ。彼のもてなしが気に入らなければ、さっさと帰るか、わしらのように自前で気に入るようにすればよい」

「仰せのとおりですわ」

ドルシネアはじろりと夫をにらんでから自分のグラスを置き、グレイランサーが用意したグラスを取り上げてひと口飲《や》った。

世界一まずい渋柿を口にした人間の表情が浮かんだ。

「何も申し上げませんけどね、グレイランサー卿。せめてもう少し搾《しぼ》りたての、ほかほかの品を出したらどう」

「それが最も新しい品です」

もともとこの夫人が気に入らない大貴族は、にべもなく言った。

「お口に合わなければ、およし下さい。保存品と取り立てと、私には差があると思えません」

「まあ」

とドルシネアは眼を丸くし、小さく「味音痴の田舎者」とつぶやいた。

「それよりもな、グレイランサー」

と大公が話しかけた。腹に一物ありそうなしゃべり方である。

「わしがタエをそなたに預けて、ひとつだけ失敗だったと悔やむことがあるのだ。わかるか？」

「竪琴で？」

「そのとおり」

大公は思い切り破顔した。分厚い唇の下から凄まじい牙がのぞく。火龍の装甲でも噛み砕けそうだ。

「そのとおりじゃ。そなたはその耳が腐るほど聴いておるじゃろうが、わしはもう何年もご無沙汰しておる。正直、他に何を聴いても、味気なくて困っておるのだ。どうだ、ここで一曲？」

「それは勿論ですが、もともと音楽はご趣味では――」

「何も言うな」

大公は葉巻ごと右手を上げて止めた。

「あなた、お顔が赤《あこ》うございますよ」

と夫人が冷たく言った。

「では、当館《とうやかた》の演奏家《プレイヤー》たちを」

とグレイランサーが言った。大公は真っ平だという風に手をふって、

「要らん、要らん。幻像音楽など真っ平だ。タエひとりでいい。聴き飽きたなら、そなたは下

がってよいぞ」

「二度ばかり」

グレイランサーのこの返事を聞いて大公は沈黙を選んだ。いや、夫人もまた。

それから、

「なぜ、そんな？」

と訊いたのは、ドルシネアであった。

「武骨者の耳には合いませぬ」

「そのようなことはありません。あの娘の竪琴は、どんな武辺者の貴族の耳にも心地よく響くはずですよ」

「は」

「ふむ、グレイランサーよ」

大公が愉《たの》しげに声をかけた。

「心地よい調べなど耳に合わぬ——聴きたくもない、か？」

「………」

突然、大公は笑い出した。空いている方の手で、でっぷりとした腹をぺちぺちと叩き、ようやく笑いを止めると、今度はハンカチで涙を拭いて、

「よいよい。それこそグレイランサーよ。一千万の戦士の中から、ただひとりわしが見込んだ

強者だ。だがな、グレイランサー、あれの弾く〝闇の想い〟はその二回に入ってはいまいが。是非一度、聴いてみるがよいぞ」

「申し込みましたが、まだその機会は来ていないとか」

大公と夫人は顔を見合わせた。

「異なことを。わしが申し込んだら、すぐに――」

「私の武骨ぶりに呆れ果てたのでございましょう」

グレイランサーは、テーブルのかたわらに立つ執事へ、

「タエを呼べ」

と命じた。

大公は満足気にうなずき、それから飲み干したものをすべて嘔吐《おうと》して、テーブルに突っ伏した。

3

すぐに典医が呼ばれたが、

「原因は不明でございます」

と答えるしかないようであった。

症状は五度を越す高熱、激しい震えと悪寒の連続、そして熄《や》まぬ嘔吐。

「明らかに何らかの細菌によるものです。ですが、既知の細菌ならば、我ら貴族にはいかなる症状も表われません」

「すると未知の——」

「人工のものでございましょう」

医師の眼は真相を知っているると告げていた。グレイランサーはそれを読んだ。

「OSBか」

「まず」

「しかし、我らはともかく、大公夫人にはいかなる症状も出ておらぬ。どのような経路で大公殿に感染したものか？」

「やはり食物感染でございましょう。ここ数日、大公さまが口にした食事を調べてみたいと存じます」

グレイランサーは医師ともども大公夫人の許へ行き、彼の意見を伝えた。

「OSB？」

夫人の切れ長の眼が血光を放った。この典雅な女もまた、貴族のひとりなのだ。

「奴らが夫の食事に毒を？」

「十中八九」

と医師は答えた。

「どうやって？」

「不明です」

「すぐに見つけて――でないと、夫だけでは済まないかも知れません」

「承知しております」

「ここ数日の間、お二人は同じ食事を摂《と》っておられましたか？」

「いえ」

夫人はそっぽを向いた。それで、大貴族と医師にはわかった。

「大公夫人――誠に伺いにくいのですが、こちらへ来るまでの間に、大公は人間の女からじかに食事を摂られた、と？」

「はい」

「日時と場所がおわかりなら女の名前をお教え下さい」

医師が身を乗り出した。

「二日前、〈中間地帯〉の〈汚辱市《デイスグレイスト・シテイ》〉で。それ以上は存じません」

グレイランサーがうなずいた。

「わかりました。大公の身はおまかせ下さい。私が戻るまで、ゆっくりとおくつろぎを。別棟に、侍女どもがお好みの部屋をしつらえてございます」

夫人の顔から血の気が引いた。フィンガー・スナップ一発の時間だった。

「――戻るって、グレイランサー、あなた、まさか、〈中間地帯〉へ行くつもりなのですか?」

「他にありませんな」

「しかし、あそこは〈貴族の墓場〉と……」

「大公は通って来られました」

「それは――先を急いでいたからです。私たちは五日後に〈都〉の〈大夜会〉に出席しなくてはなりません。夫が無理なら、私ひとりでも」

「欠席なさい」

冷たく言い放って、グレイランサーは医師を残してその場を離れた。

廊下へ出るとすぐ、グレイランサーは、

「食事の相手を捜せ。私もこれから出向く」

と告げた。

グレイランサーの命令は、副官の口から情報局へ伝えられ、調査部、課報課のメンバーとコンピューターが、大公に毒を盛った女を捜すべく五分と待たずに稼動しはじめるはずであった。

グレイランサーは私室へ戻った。

蠟燭《ろうそく》一本点していない闇の部屋で、彼は長椅子に腰を下ろして、

「ユヌスよ、おるか？」

と空中に訊いた。

床の上に副官の全身が現われたが、これは電子立像——幻だ。

「情報局はこれから不眠不休の活動に入ります。御前、〈中間地帯〉への訪問はいま一度考えていただけませんか？」

「その必要はない。情報局の腕利きでも、〈中間地帯〉へ入って戻れるとは限らん。無許可で侵入し、生きて帰って来られた者はないと聞く。恐らく、我が情報局でも女の名前を突き止めるのが精いっぱいであろう。それでよい」

「あとは——御前が？」

「他にいるか？」

「承知いたしました。もうお止めはいたしません。ではせめて〈護衛〉を連れてお行きなされませ」

「おまえの嫌いな無意味な死が増えるばかりだぞ」

「それは、いかがなものか、と」

この忠実な副官はめったに異議など唱えないが、唱えたら間違いはないと、グレイランサーも知っている。

「ほお、あの〈護衛〉どもが？　根拠はあるのだろうな？」

「何もございません。強《し》いて言えば、勘でございます」

「よかろう」

グレイランサーは即決した。

「私には遠く及ばぬが、おまえの勘も時々は当たる。昨日雇った拳法者《フィスト・マン》も含めて連れて行こう」

「ありがたき幸せ」

と頭を下げた瞬間、ユヌスは恐るべき現実に気がついた。

グレイランサーは、〈護衛〉など不要と公言する貴族たちの最右翼だ。

元来、不老不死を誇る貴族は、〈護衛〉を軽んじて来た。いまもそれは変わらない。

それなのに、どの貴族も部下の中に彼らを含めているのは、白昼の襲撃に斃《たお》れる者の数が意外と多いためだ。

空間と時間を超えた防御システムを人間たちは執拗《しつよう》な努力で解析し、眠れる貴族たちの心臓へ白木の杭《くい》を打ち込むのであった。

この事態を重視した〈枢密院〉では、昼間の護り役として、人間の〈護衛〉を採用せよとの一項を〈貴族法〉内に加えたのである。

全貴族たちは呆れ、〈枢密院〉を嘲笑した。

人間ごときに護られるという考えが想像を絶していたからであり、〈護衛〉が殺戮者《さつりくしゃ》に代わらぬ法が何処にある、というわけだ。

あわてた〈枢密院〉は、これを〈貴族もどき〉と訂正したが、貴族たちの反応は変わらなかった。大多数の貴族は、出鱈目《でたらめ》の採用届を〈枢密院〉へ送って済ませたが、一部の武闘派には奇妙な事態が発生したのである。

前述のごとく、それまでも少なからずあった〈護衛〉志望の人間たちの数が〈枢密院〉の決定を知ったあとで、ぐんと増えたのだ。

大半はその場で追い返されたが、残酷な嗜好《しこう》を隠して、彼らの技を披露《ひろう》させせんとする貴族たちもいた。

応募者たちは、彼らの実力を凌駕《りょうが》する兵士や妖物と手合わせを強制され、十人中九人までがその場に斃れた。

だが、残るひとり——貴族の自慢の手練《てだ》れをことごとく一蹴《いっしゅう》し、月光の下に屹立《きつりつ》する武人が、貴族たちを驚愕させた。

彼らは約定どおり召し抱えられ、戦いの場に赴いて或る者は死亡し、或る者は生き延びた。

それについて、雇い主たる貴族がどんな感慨を抱いたかは、記録にない。

せいぜい——

「腕は立ったが、所詮は人間だ。簡単に死ぬ」

くらいのところであったろう。

グレイランサーもある意味、例外ではなかった。

彼は珍しく、人間であるなしにかかわらず、敬意ともいうべき感情を強者《つわもの》に抱いた。雇われた者たちもそれなりの扱いを受けた。

だが、彼らは死命を決する乾坤一擲《けんこんいってき》の戦いには後衛《こうえい》を命じられるだけであったし、平穏時には不要として館に止めおかれた。これは〝不信〟を意味する。

――ひょっとしたら、御前は彼らを雇ったものの、扱いが面倒になって始末するご意向なのでは？

あの条項が適用されるまで、人間の護衛不要論を、誰よりも強く、地鳴りのように唱えていたのは、グレイランサー自身なのだ。

グレイランサーは戦車を駆って、一区画《ブロック》ほど離れた政庁病院へ向かった。

ベッドの上に横たわる大公の顔は骨と皮だけに衰え、グレイランサーを映す瞳には力の欠片《かけら》も見つけられなかった。

それでも、医師は眼を見張った。大貴族が訪れるまで、瞼《まぶた》を開けることさえできぬ、ほとんど死人状態だったからだ。

のみならず、老人は皮肉っぽい笑みすら浮かべたではないか。

「やられたぞ、グレイランサー。臓腑《ぞうふ》が腐り切っておる」

「じきに治ります」

にべもない答えを大貴族はした。

「あれは何をしておる?」

「心配しておられます」

「女房のことではない。タエだ」

「は」

つい曖昧《あいまい》な返事が口を衝《つ》いた。さすがに想定外の言い草だったのである。

「見舞いにも来ぬが。訪問は知っておるのに」

「無論」

「――なら、なぜだ?　おまえが止めておるか?」

「とんでもない。とうに参上したと思っておりましたが」

「……すぐに呼べ」

「承知つかまつりました」

大公は眼を閉じた。疲れ切っていたのである。

「目下、〈都〉の貴族病院でも治療法を研究中でございます。じきに、結論が。それまでお耐え下さいませ」

「わかっておる」

威厳たっぷりの返事が戻って来た。

「では、しばらくご辛抱を」

「〈都〉の〈大夜会〉には、おまえも招待されておるはずじゃな？　タエは借りて行くぞ。わしが聴いたあの孤独寂寥《せきりょう》の調べを、あらゆる貴族どもにも味わわせてやりたいのだ」

「ご懸念なく」

「うむ。下がれ」

グレイランサーは黙って部屋を出た。データ・ベース用アンドロイドを引き連れた医師が待っていた。

医師の話では、

「極めて危険な状態にあり、予断を許しません。明らかに毒物によるものですが、症状は太陽の光を体内で浴びつづけているかのようでございます」

「太陽の光と同じ効果をもたらす毒物を、作れるものがいるか？」

「貴族にも人間にも、まず」

「では？」

「――OSBならば或いは」

「いつまで保《も》つ？」

「ここ一両日が山かと」

グレイランサーは私室へ戻って、イザベラを呼び、三日分の旅装を命じた。

アンドロイドが去ると、彼は窓の外の光景を眺めた。

人間には夜だが、貴族は午後近くに当たる。

夜空には重い雨雲が垂れ込めていた。

石造りの建物は自らの重量で闇の中に沈み、ガス灯やかろうじて窓から洩れる蠟燭の光でその存在を保っていた。

石畳の通りを四頭立ての馬車が走り、その上を、十人乗り、五十人乗りの磁力プラットホームが疾走していく。

遙かな高みをまたたきつつ滑っていく複数の光点は、〈辺境空路〉を行く飛行体のものか。

グレイランサーの赴任以前、この街のあらゆる通りは杭と斧《おの》とハンマーを手にした人間たちの怒号と足音で埋め尽されたことがある。

いわゆる〝三日間の蜂起《ほうき》〟だ。それは、ただひとりの貴族を滅ぼすこともなく終わり、世界はふたたび貴族の手に戻った。

「愚かな」

ガス灯の点る街路を見ながらこうつぶやいたとき、扉の開く気配があった。

第四章　病魔の影

1

「タエか?」

「左様でございます」

「大公殿が会いたがっておるぞ」

「お呼びがかかりませんでした。いまの私はあなたさまにお仕えしております」

グレイランサーは意図的に大公の許へやらなかったのである。

「行けと申したら行くか?」

「はい」

「おまえの〝闇の想い〟――〈大夜会〉で披露するつもりでおられる」

グレイランサーの眼がやや細まった。タエの口もとに、想像もしていなかったものを見たのである。

〈南部辺境区〉にある大公の居城からタエがここへやって来たのは、雪の日であった。

強い風が雪片を、透きとおった女の頬に打ちつけ、無表情はそのせいかと思われた。

本物の薪《たきぎ》が燃える暖炉の前でも、その顔はまばたきと会話時の唇以外の動きをしなかった。

いまにいたるまで、そのままだ。

それが、いま——薄く笑った。

グレイランサーの心理にタエも気づいたらしく、

「失礼をいたしました」

「理由を訊いてもよいか？」

言いながら、グレイランサーは自分の情けなさに舌打ちしたい思いだった。他の者になら、理由を言え、で済ませるところだ。

タエは少し沈黙したが、大貴族から眼を逸《そ》らそうとはしなかった。

「——大公さまはご存知ありませぬ」

「何をだ？」

「あの方は〝闇の想い〟を聴いてはおられませぬ」

「——どういうことだ？」

なぜ、質問などする？　人間の女が弾《ひ》く曲など、興味の欠片《かけら》も示さないのが、グレイランサーのグレイランサーたる所以《ゆえん》ではないか。

「あの方は、私の曲を聴いて涙を流されました」

グレイランサーの眼が今度は大きく見開かれた。

「大公殿が？　嘘をつけ。〈南部辺境区〉の半分が水浸しになりかねんぞ」

「あの方は全〈辺境区〉に霹靂《はたたがみ》が落ちると仰られました。ですが、〝闇の想い〟は涙とは無縁でございます」

「どういうことだ？」

「涙など、と申してもよろしゅうございましょうか」

「タエよ、〝闇の想い〟とはどのような調べか？　聴きたい。いまここで弾いてみよ」

「まだそのときではありません。ときを得ない限り、私は爪弾《つまび》くこともできません」

「私は武辺者だ。だから、粗野な問いをする。その曲を聴いたものは、どうなるというのか？」

タエはひっそりと笑った。グレイランサーの背に冷たいものが流れた。それは決して悪いものではなかった。

わずかに色を備えた唇が動いた。

「存じません」

「愚弄《ぐろう》するつもりか？」

「いえ。聴かれた方々は、みなその日のうちに失踪してしまいました。ひとりの例外もございません」

それは途方もない怒りのせいか、悲しみの故かとグレイランサーは考え、すぐに放棄した。

「成程。泣いている場合ではないらしい。タエよ」

「はい」

「そのときとは、私にも訪れるのか？」

「生を受けたものならば、ひとしなみに」

「生か。それがおまえたちの生を意味するならば、我らは、その調べと無縁の衆かも知れぬな」

莫迦《ばか》なことを、とグレイランサーは思った。この女と話していると、どうも調子が狂う。

「夜の生、闇の命も生命《いのち》には変わりありません」

「すると、その曲を聴けば、私もいなくなるか。面白い」

グレイランサーの瞳の中で、タエが眼を逸らした。

そのとき、空中からユヌスの声が、支度ができましたと伝えた。

「用ができた。おまえは大公殿のところへ顔を出せ」

「承知いたしました」

タエが去ると、入れ替わりに、ユヌスと参謀のギャラモンドが入って来た。

「〈都〉の〈枢密院〉で、少々厄介な出来事が生じております」

とギャラモンドは、グレイランサーより頭ひとつ大きな巨軀《きょく》の胸を反《そ》らせて言った。胸の厚みなど倍もある。素手で戦えば、グレイランサーといえどもどうなるかわからないといわれる武闘派で、刃渡り三メートルもある剣の使い手だ。

「それは？」

「は。手前が放ってある密使のひとりからの連絡なのですが、実は〈大夜会〉において、ダイラーム公爵が〈枢密院〉の議長に立候補すると」

「ほお」

不敵な笑みがグレイランサーの口もとをかすめ、ユヌス副官は空中の一点をにらんで、唇を歪めた。白い牙がのぞく。

「ほお。すると、大公に一服盛ったのは、ＯＳＢではなく、あのチョビか」

チョビはチョビ髭の略である。お似合いだと確信しているこのささやかな髭のせいで、大いに人望が失われていることに、公爵だけが気づいていない。

いつもならユヌスはともかくギャラモンドは噴き出すところだが、今夜は違っていた。

「失礼ながら、あれは外見で判断してはならぬ人物の典型でございます」

とギャラモンドが言った。

「そのとおりですぞ、御前」

とユヌスも同意した。

「必要とあれば、妻子を殺した昨日の敵とも同盟を結べる策士、かつ、宇宙のすべてを手に入れたがっている野心家。それが立つとなれば」

「対抗馬は誰だ？」

ユヌスと顔を見合わせ、ギャラモンドは憮然《ぶぜん》たる表情で、

「バーソロミュー大公でございます」

「それはまずい」

とグレイランサーは苦笑した。

「確かチョビ殿の目的は、〈辺境管理局〉の持つ自治権を廃止し、〈都〉に集中させることだったな。私は馘《くび》か」

冗談めかした言い方の裏に潜むものに、二人の貴族は戦慄した。

「これが莫迦げた空論だと、ダイラーム一派は思っておりません。全〈辺境区〉の人間の人口を半分に減らした上で、専用の〈保護区〉に収容すれば、十分に中央からの管理も可能であると、主張しております。その〈保護区〉とやらも、いまは各〈辺境区〉にひとつずつと言ってはおりますが、行く行くは、人間をさらに減少させ、ひとつにまとめてしまおうという腹に違いございません」

ギャラモンド参謀の話を聞いていたグレイランサーが、ぽつりと、

「人間を半分にか」

と言った。

「左様でございます」

「すると奴らにとって、いまは最も都合のいい時期になる」

「……」

「人間の血に、我らの肉体を崩壊させる毒が混入しているとなれば、あらゆる〈辺境〉で人間は容赦《ようしゃ》なく殺害されるだろう。半分で済むとは思えぬな」

「御前、それは――」

「暴論だと思うか？　ユヌスよ、情報局のベアードは何と言っておる？」

「何も」

「ふむ。慎重居士《こじ》めが」

「だが、人間を半分に減らせば、食事の提供量も半分になる。チョビめ、そこをどう補うつもりか？」

大貴族は参謀の方を向いて、

「ギャラモンド、情報局のベアードと組め。チョビから眼を離すな」

「承知つかまつってございます」

「〈都〉と〈辺境〉で、同じベクトルの事態が生じた。どちらも行き着く先には人間の滅亡とチョビの栄光が待っている。王《キング》と女王《クイーン》は、大公殿の城《キャッスル》を知らぬ間に落としかけ、その背後には知恵者の僧正《ビショップ》が控えておる。ふむ、その僧正が人間でないとすれば、万象に筋が通るわい」

ユヌスもギャラモンドも無言で主人《あるじ》を見つめている。

主人は微笑した。この男の微笑みが、他人に笑みを返させた例はない。

「だが、城は落とされても、こちらは王も女王も取られてはおらぬ。そして、戦士が斃《たお》れてはおらぬことを忘れるな」


「――何かおかしいわ」

自動ポンプで水を汲みながらつぶやいた姉の言葉に、空《から》のバケツを手にしていた弟が即座に反応した。

「何がだよ」

「よくわからない。でも、おかしいのよ」

「よしてくれよ、姉ちゃん。姉ちゃんの予言は、みんな当たるんだからよ」

十二歳の弟は、大仰《おおぎょう》に身体をゆすって、四つ年上の美しい姉へ、非難の眼を向けた。

「ここのところ、変な夢を見るの」

と姉は、それこそ夢見るように言った。

「え？」

「――何でもないわ。それより。早く持っていって。そのバケツはもう一杯よ」

「わかったよ。でも、おかしいって、その夢?」

「わからない」

「え?」

バケツを持ち上げたところをコケそうになって、少年は本気で姉をにらみつけた。

「あのなあ」

「――わからないのよ」

「あのなあ」

すると、姉は片手を上げ、東の方――村の中心を指さした。万年雪に白く飾られた青い山脈《やまなみ》を、暁光が麗々と照らしている。

「父さんだ。集会が終わったのね」

「もう7AMだぜ。三時間も、何、会議してたんだよ」

姉弟が見守る中を、農夫にしては華奢《きやしや》な父親は巧みにサイボーグ馬を操って、畦道《あぜみち》から敷地内へ入り、馬を下りるや、早足で母屋《おもや》へ向かった。

それから一分もしないうちに、勝手口から母が現われ、

「ジェニファー、ラルフ、急いで家へお入り。父さんからお話があるの」

五分後、

「引っ越し?」

と姉ジェニファーが眼を丸くし、

「これからすぐ？」

と弟ラルフは口をあんぐり開けた。

「そうだ。ブルースターにも知らせろ。みなで〈中間地帯〉へ移るぞ」

「どうして、こんなに急に？」

「ダッツーの村で、感染性の死病が発生したらしい。夜のうちに村長のところへ知らせがあったんだ」

「そんな――確かめなくちゃ」

と母のベルダが眉をひそめると、

「そんな暇はない」

父――ディーターは乾いた声で言った。眼には恐怖が詰まっていた。

2

「病気はおれたち人間が罹《かか》るんじゃない。貴族だけを狙うそうだ」

呆然と硬直した家族へ、

「そのせいで、貴族たちが人間を殺しはじめている。〈中間地帯〉といっても安心はできんが、ここにいるよりはマシだろう」

「でも、みんなが〈中間地帯〉へ逃げ込んだら、すぐに一杯になるわ」

ベルダが虚ろな声で言った。それから両手で顔を覆い、

「また……越すの？　また？　もう六回目よ。そのたびに新しい土地へ移って、前の倍も働いて、ようやく暮らしが楽になったと思うと、疫病神《やくびょうがみ》が待っていたみたいに何かが起きる……あたしはもう駄目。精も根も尽き果てたわ」

「母さん、しっかりして」

ジェニファーが励ましたが、ベルダの表情は変わらなかった。

——母さん、死んじゃった
「ブルースターを見て来い。用意でき次第、すぐに発つぞ」

「おれが行く」

ラルフが立ち上がって部屋をとび出していった。

「よくよく、あの人が気に入ったのね」

ジェニファーが肩をすくめた。

三日前に、一夜の宿を借りに来た若者は、拒否されたその場で、農場を襲って来た巨大カメムシを射殺し、納屋に寝泊りを許された。翌日出ていくと約束したものの、翌朝、瀕死の状態で倒れているのを発見され、一家総出で治療に当たった結果、昨日ようやく熱も下がり、意識

も取り戻した。

右肺と腹部がつぶれていながら、信じられない回復力にみな舌を巻いたが、さすがにまだ起きられず、納屋のベッドに眠っている。——と思いきや、引っ越しの準備に取りかかったところへ、包帯だらけの姿に上着だけを引っかけて戻って来た。

ほとんど完治したとしか思えぬ動きと、生気溢《あふ》れる表情に、全員が驚嘆を隠さなかった。

「あんたは不死身らしいな」

父が一同の気持ちを代弁した。

「お世話になりました」

と若者は精悍《せいかん》な顔に、人懐っこい笑みを浮かべて、一同を魅了した。

「何とか行けそうです。事情はラルフから聞きました。恩返しをさせて下さい」

「助かるよ」

と父がうなずき、握手を求めた。

それから半日がかりで荷物を馬車に積み込んだところで、戦闘バイクとサイドカーに乗ったアンドロイド兵士が二体やって来た。一体がバイクから下りて、

「何処へ行ク?」

機械の声は、こちらに弱みがあるときは、身の毛がよだつほど不気味に響く。

「いえ、南の親戚の家へ」

とディーターが何気ない風に応じた。

「村長カラ届ケハ出テイナイ」

「これから出すつもりでして」

「嘘ヲツクナ」

と、サイドカーの一体が言った。右手が腰の長剣にかかった。五指にはレーザー砲が仕込んであるのだが、貴族はコントロール・システムに彼らの懐古趣味を導入したのである。

「逃亡ノ理由ヲ言エ」

「親戚の方で冬の寒さを防ぐシェルターを作るのに、手を貸してくれと」

バイクから下りた方が、両手を一家に向けた。

「――何をする？」

「イマ、代官所カラ指示ガアッタ。人間ハ、じょぶなー村ノ廃城ニ収容サレル。スグニ移動セヨ。逆ラエバ殺ス。ソウイウ命令ダ」

「そんな無茶な」

父が拳《こぶし》をふり上げた。その胸を真紅の光条が貫いた。

アンドロイド兵の人差し指から放たれた六十万度の熱線は、人ひとりの肉体を貫通しただけではなく、馬車のエンジンも貫通し、彼方のオオカシの木の幹を燃え上がらせて、ようやく停止した。

「父さん⁉」

胸と背を炭化させて即死した父にジェニファーが駆け寄り、死を認めたラルフが黒い鉄の殺人者に駆け寄った。武器は拳であった。

死の指がのびる。

その先が鈍くかがやいた刹那、二体のアンドロイドの首は美しい響きとともに彼方へ飛んでいた。

少年は、自分とアンドロイドの間に立って、横薙《な》ぎにふった奇妙な武器を引き戻そうとする若者を見た。握りの部分を除いて、それぞれ一メートルはありそうな刃が、握りの上下から突き出ている。刃はゆるやかに湾曲していた。彼はよろめいた。

「ブルースターさん」

駆け寄って支えようとする少年の手を、上からそっと叩いて、

「大丈夫だ。まだ少しつぶれてるな」

胸を軽く叩いてみせた。

右手の槍が上下から縮まり、三十センチほどの円筒に変わるのを、ラルフは呆然と見つめた。それをベルトへ差し込んで、ブルースターはふり向いた。

「父さんは？」

と訊いた。

母と娘が同時に首をふった。母は俯《うつむ》いたまま、娘は彼の顔から視線を外さず。

「少し延ばしましょう」

ブルースターの相手はベルダだった。

「そうね」

意外とあっさり応じ、母は遺体の傍らから立ち上がった。

ブルースターが小道の方を向いた。

鉄蹄《てってい》の響きが近づいて来た。見事な腕前だと子供でもわかる。

バイクとサイドカーの前で立ち止まり、手綱を握った小柄な若者は、素早くサイボーグ馬から下りると、こちらへやって来た。

「おれは人間だ。ケン・鞍馬という。あのアンドロイドを片づけたのは、あんたかい？」

視線の先にブルースターがいた。

「そうだ」

別人のように無愛想な声であった。

「大したもんだな、あんた。デュラマイト鋼の首が、えらくきれいな切り口だ。ちと腕が立つくらいの戦闘士じゃ、ああはいかない。ここの者じゃねえな？」

「その馬の首には貴族の紋章《エンブレム》がついている。おまえ、グレイランサーの手の者だな」

「ああ。三日前に雇われたばかりの新米だ。そうおっかない顔をするな。一応、普通の人間だ。

あんた方をどうこうする気はない。あんたも政庁で見たお尋ね者の写真とは、まるっきり違うからな。お目々も二つ、ちゃんとついてるようだ」

「早く行け」

　とブルースターが言った。

「この子供たちの父親は、たったいま、そこのアンドロイドにやられた。おまえとは話もしたくないだろう」

「わかってるさ。いますぐ出てく。アンドロイドの首を、ああまできれいに切りとばした男に会ってみたかっただけだからな」

　笑いを絶やさず、

「だがな、いくら戦いの天才でも、何万回に一度くらいはミスをやらかす。――こんな風にな！」

　突然、鞍馬の姿が消えた。

　何が起きたのか、みなが意識もしないうちに、ごおと空気が唸り、鈍い打撃音が響いた。

　崩れ落ちる首なしアンドロイド兵の前で、鞍馬が右の拳を撫でていた。

「電子脳は頭にあるが、腰に補助脳がついているタイプだ。あんたが誰かは知らねえが、無知ての は致命的だぜ」

　にやりと笑いかけた男くさい顔へ、こちらも不敵な笑みを返して、

「ありがとう。助かった」

と若者は返した。

「んじゃ、おれは行くぜ。大分、遅れちまったい」

「何処へ行く？」

「〈中間地帯〉さ。御前と一緒に行くつもりだったが、あの大将、気が短いのか抜けてるのか、おれを置いてっちまったのさ。おかげで夜からいままで馬に乗りっ放しだ」

「オートダインはどうした？」

「ああいうのは苦手でな。空気より重いものが空を飛ぶはずがねえ。じゃあ、また会えたら会おうや」

サイボーグ馬にまたがるや、馬首を巡らせざま走り出した。

街道へ出た足音が遠ざかるのを確かめてから、ブルースターは一家の許へ戻った。ひとり欠けている。

「母さんは？」

ジェニファーが涙に濡れた顔を上げて、

「いないわ――何処に？」

三人の脳裡《のうり》に黒い予感が生じた。

「捜して来る」

ブルースターは母屋へ向かった。

結局、母は納屋で見つかった。

天井の梁《はり》にロープをかけ、二階からとび下りた身体は、地面から五十センチのところで、もう動きを止めていた。


〈中間地帯〉との境界で、グレイランサーはオートダインを下りた。

〝剣師〟シザムと〝銃師〟ギャラガーらが随行者だ。鞍馬と農民一家との一件は、この半日ばかり後になる。

下りてから、

「鞍馬はどうした?」

不機嫌そうにオートダインの方を見つめる雇い主に、

「乗り遅れたのでしょうか」

とシザムが曖昧《あいまい》に伝えた。あんたが乗せなかったんだ、とは死んでも言えない。

「罰は後ほど——お早く」

ユヌスが促し、一行は〝門《ゲート》〟の監視所へ向かった。

特別なバリヤーも張っていない〈中間地帯〉へ入るのに、監視所を通らねばならないのは、この土地だけは〈神祖〉の直轄地だからだ。

空港のホールでは、所長のパドス自らが出迎えた。

グレイランサーは彼と同じ馬車に乗り、他は後ろの馬車にまとまって走り出した。

「虫ケラどもの逃亡はどうだ?」

グレイランサーの問いに、パドスは、

「いまのところはまだ、各代官所から報告が来ておりません。現在の居住地を離れようと試みる者は、理由の如何《いかん》を問わず死罪だと布告したようですので、そのせいもあるかと存じます」

「死罪? ふむ、それくらいの脅しは必要かも知れぬな。布告をしたのは誰だ?」

「ユークリア区のアトガノータ執政官でございます」

月光が、前方の巨大なものを照らしていた。

石壁の高さは百メートル、厚さは三十メートルに及び、その頂きには監視兵たちの住居が設けられているとも、武器製造工場がそびえたっているとも伝えられる。おびただしい光点は松明《たいまつ》のものだ。これが直径五百キロに及ぶ〈中間地帯〉を囲む護りの壁であった。

門扉《もんぴ》も同じサイズで、しかし、木製だ。木にした理由は、貴族の懐古趣味としかいえない。幅は五十メートルだが、このようなサイズの理由は単なる趣味ということになっている。貴族はその精神を、科学力の凄さと巨大建造物で必要以上の大きさに見せつけようとしているとの説がある。

門へと向かいながら、

「まずは、監視所でごゆっくりと」

と言うパドスへ、

「いや、おまえたちは下りろ。私と直属の部下たちはこのままくぐる」

と返って来た。

「そ、それは構いませんが、最近、内部での妖物相に変化が生じました。極めて危険なものたちが増えつつあります。また、〈辺境区〉から入り込んだ者たちについても、奇怪な集団を構成しているとの報告が届いております。何とぞ、説明をお聞きになった上でお入りを。当方の部下からも腕利きを選んでございます」

「護衛役か」

グレイランサーの顔が笑いに歪むのを見て、パドスは致命的な失敗《ミス》でもしでかしたかと気が遠くなりかけた。

「無用だ」

「しかし……」

「後ろにも強者が控えておる。余計な斟酌《しんしゃく》はなしにせい」

これは半分皮肉である。

門扉の前まで来ると、グレイランサーは停まれと命じ、さっさと馬車を下りた。

3

見上げれば天を圧する大門である。上空にまたたく光点は、その動きからして警備用のオートダインだろう。

「バーソロミュー大公は南の門から入られ、ここから出たときは、毒を盛られていた。我が情報局の調査によれば、下手人の名はシャルロット・コディだ」

「どうして、それを私どもに？　お知らせいただければ、こちらで連れ出し、拷問《ごうもん》にかけましたものを」

「久しぶりに〈中間地帯〉をのぞきたくなってな。それと、使用人どもの腕慣らしのためもある」

「まさか……それだけで、〈中間地帯〉の内部へ？」

「何を子供のように怯《おび》えておる？　人間どもは安穏《あんのん》と暮らしておるはずだぞ」

「あれらは〈御神祖〉の守護が付いております」

「なら、私にも付いておる」

「いや、しかし」

この時点で、監視所の所長には、グレイランサーの思考が理解できなくなっている。

彼らの背後では、パドスの兵と大貴族の〈護衛〉たちが驚異の眼差しで大門を見上げている。うちひとりがパドスに早足で近づき、

「虫ケラどもが、〝門〟内への通行を願っております」

「理由は何だ？」

「代官所と野盗どもによる一方的な殺戮《さつりく》であります」

「何名だ？」

「約五百名。ムスメルジャの村とトウギッチ村の農夫どもでございます」

「それだけの人数の移動を、代官所の連中は気づかなかったのか？」

「それが――彼らは村単位で、〈中間地帯〉への移住を許可するという〈御神祖〉のお墨付き《すみつ》を所持しております」

「まさか。ただの言い伝えだと思っていたが、本当にあったのか⁉」

「はい」

パドスは呆然とグレイランサーを見つめた。

「〈中間地帯〉への居住を希望する者へ与えられたという〈御神祖〉の守護はともかく、外の虫ケラどもにまでそのようなものが」

「噂《うわさ》には聞いておったがな」

グレイランサーは平然としている。むしろ楽しそうだ。ますます事態は彼好みになりつつあ

った。

「どうなさいますか?」

知らせに来た将校が訊いた。

「〈御神祖〉のお墨付きを持っている以上、我々にはどうにもできん。すぐに門を開けい」

「そうせい。私も行く」

グレイランサーが邪悪な笑みを隠さずに告げた。

それから、耳殻内の通信器へ、

「代官所を呼び出せ」

と告げた。間髪入れず、

「——私はグレイランサーだ。虫ケラどもへの殺戮は即刻、中止せい」

耳殻内の通信器に内蔵された指向性マイクが、彼の声だと分析して通信の後、相手の声を伝えて来た。

「こちらは第三代官所のバイタン所長です。虫ケラどもの血を吸って、目下十六名の兵士が倒れました。虫ケラどもを放置しておけば、すぐには連絡のつかぬ僻地《へきち》で、被害は増す一方です。それに、我らの腹を満たす役目を果たせぬ以上、虫ケラどもを生かしておく意味がございません」

「それを承知の上での指示だ」

グレイランサーが言い放つと、凍りつく気配がやって来た。

「三度目は言わぬ。殺戮は中止。虫ケラどもは現在の居住区に留まるように命じろ」

「承知いたしました」

「まだある。各代官所は、その統治下にある全村の血液を調べ、異常がある者は隔離、そうでない者は日常生活へ復帰させい。これは早急に行え」

「承知いたしました」

会話の相手が何を思っているにせよ、返って来る声は百パーセントの服従を示していた。そして、何を思っているにせよ、彼は命じられた内容を忠実に——生命を賭《と》して実行するのであった。

「先に通せ」

とグレイランサーは後方の闇に顎をしゃくった。

「通せ」

とパドスが嗄《しゃが》れ声で告げた。同じ通信器に命じたのである。

遠くで、通せの声が幾つも上がり、ほどなく、おびただしい足音と馬車の車輪のきしみ、牛馬の鳴き声等が近づいて来た。圧倒的な圧力が闇の向うからやって来る。

月光の中を歩く人々はみな白々とかすんで、曖昧な幽鬼のように見えた。

先頭のひとりが頭上に黄金の文箱《ふばこ》を高くかざし、その表面には〈神祖〉の紋章が刻まれているのだった。

人々は黙々とグレイランサーの眼前を過ぎ、門の前に辿り着こうとしていた。

「開門」

パドスが右手を上げた。

それ自体、建造物のような門扉の周囲で、人のざわめきと幾つもの爆発音らしい響きが上がった。

夜が悲鳴を上げた。門扉のきしみであった。どんな大きさの歯車か、どれほど太い鎖か、それらが巻きつき、噛み合う音を確かに夜の中へと響かせながら、百メートルの門扉は二百メートルになった。

白い人々は足を止めず、黙々と大門の彼方へと進んでいき、やがて見えなくなった。

「行くぞ」

その声でグレイランサーがいないと気づき、ふり返ったパドスの、その馬車の御者台で、大貴族はサイボーグ馬にひと鞭当てた。

「私と部下が入ったら門を閉めろ」

グレイランサーの絶叫は、門の内側から聞こえた。

その背後から、さらに一台の馬車が続き、どちらも闇の奥へと消えてから
「扉を閉めい」

とパドスは命じた。二度と開けたくない気分だった。内部の魔物に外からの魔性が加わった世界など想像したくもなく、しかし、つい脳裡に浮かび上がらせて、彼は月光の下で凍りついた。

〝虫ケラども〟の行列を横眼に見ながら疾走を続け、すぐに追い越そうとしたとき、

「お待ち下さい」

と声をかけられた。構わず行こうとするグレイランサーの眼の隅に、〈神祖〉の紋章がきらめいた。

馬車に急制動をかけ、グレイランサーは荒々しく、虫ケラの先頭に立つ白髪白髯の男へと眼をやった。

「〈御神祖〉の御力を笠《かさ》に着る虫ケラの親玉か。いつまでも続くと思うなよ」

激怒を隠さぬ地響きのような低声に、老人は怯えを露わにして、

「とんでもございません。それは誤解ですじゃ。わしは〈御神祖〉さまにひと言、お礼が言いたいだけでございます。ここへ来るまで、あちこちで村の者《もん》が代官所の連中に殺されておりやした。わしらが助かったのは、みいんな、この御守りのおかげですじゃ」

「村での虐殺はもう熄《や》んだ。代官所の者たちは、全員首を刎《は》ねられ、楔《くさび》を打ち込まれるだろう」

老人の背後で歓声が上がった。

「それは、ありがてえことで。ですが、他の〈辺境区〉では……」

「わかっておる。後で話してみよう」

と言ってから、ふと気がついて、

「その護符は、他の〈辺境〉の連中も所持しておるのか？」

「存じません」

「答えろ。持っておるとすれば、それを渡した〈御神祖〉の胸の裡《うち》は？」

「そ、それは……」

「答えよ」

グレイランサーは老人の眼を見つめた。

老人の顔中に汗が噴き出した。護符は下がりつつあった。だが、彼はそれを持ち上げた。

「〈御神祖〉さまは、わしらのことを、人間のことを滅びないように――と」

グレイランサーはうなずいた。

「よく答えた」

「〈御神祖〉さまと、ご領主さまに。――ありがとうございます」

これを言いたくて、老人は大貴族を呼び止めたものだろうか。

頭を下げる人々から、グレイランサーとその一党は分離して走り去った。

月明りの下に広大な平原が広がりはじめた。

あちこちに明りらしいものが点っているのは、〈中間地帯〉の居住民の家だろう。個人の住いとは別に、集落も形成されているはずだ。

「油断するな。敵はもう察知しておるぞ」

グレイランサーの声は、後方の部下たちの耳にも届いているはずだ。

疾走後、一時間。

平原の中央を北から南へ縦断する形であった。

——まだ出ぬか。何をしておる

グレイランサーは胸の裡《うち》でごちた。

——しかし、虫ケラどもには見向きもせずに、貴族のみを襲撃する妖物とは、〈御神祖〉しか造り出せぬだろうが、ご当人は何を考えておいでなのか？

それは〈中間地帯〉に思いを馳《は》せるとき、貴族、人間を問わず胸中に込み上げて来る疑問であった。

後方で悲鳴が上がった。虫ケラどもの声であった。

御者台の上に立ち、グレイランサーは後方をふり向いた。

〈護衛〉たちの馬車は方向転換に移っている。御者はパドスの部下だ。

百メートルほど向うで黒い雲のような物体が、人影の上にのしかかっていた。

「動くな！」

とグレイランサーは〈護衛〉たちの馬車に命じた。

天蓋なしのシートから、〝剣師〟シザムが立ち上がって、

「しかし、あのままでは」

彼は人間だ。

「グレイランサー卿は、領民を見捨てたと言われますぞ」

「〈中間地帯〉を作ったときの〈御神祖〉の処置を知らぬのか。見よ」

シザムも、もうわかっていた。

雲は人間たちを離れ、こちらへ向かって来たのである。

「あれは人間か否かをチェックする〝番人〟だ。我々のところへも来る」

「貴族でしたら？」

「さて、な。急げ！」

後をも見ずに、グレイランサーは馬の速度を上げた。〈護衛〉たちもあわてて追尾に移る。

だが、ふた呼吸《いき》とつがないうちに、頭上から月も星も消えた。

「来たか」

シザムが不敵な笑みを浮かべるかたわらで、〝銃師〟ギャラガーが、ライフルの撃鉄《ハンマー》を起こした。

何かが車に降って来た。

グレイランサーの馬車の天井で身を屈め、すっと立ち上がったのは、四肢を備えた人影であった。だが、その顔も手も足もガス状の渦——雲から出来ていた。

〈護衛〉たちの後部座席にも、二体——ギャラガーと御者の分だろう。

「妖雲の手足だ。始末せい」

お墨付きを得た——とシザムの背の剣が閃《ひらめ》いた。

一体は胴を両断されて呆気《あっけ》なく消えたが、もう一体はガス状に変形するや、御者の方へ流れて、その全身を包んだ。

異様な叫びを上げて、御者は前のめりに倒れた。

その背中から胴へ、一本の木の楔が突き抜けている。

「余計なものを」

グレイランサーは長槍を引いた。出現時に間髪入れず心臓を貫かれた分身は、空中へと霧散しつつあった。

〈護衛〉たちの方の生き残りも、ギャラガーの方へ向かおうとしてシザムの一撃を受け、グレイランサーの敵と同じ運命を辿っている。

不意に月光が満ちた。

みるみる上昇していく巨大な形へグレイランサーは眼を向けようともせず、長槍を傍らに置いた。

後ろの御者は、シザムが務めている。

「逃げましたぞ」

彼の叫びに、大貴族は、

「手強《てごわ》いと見ただけだ。また来る。ギャラガー、手綱を取れ」

「どういうわけですかな？」

シザムの顔が夜目にもどす黒く変わった。怒りのせいである。護衛たちは自負の塊だ。自分の役目を他者に奪われるなど、それが汚物処理であろうと容易に首肯《しゅこう》はしない。場合によっては、命じた上司までとばっちりを食う。

「攻撃はすぐ再開される。シャルロットとやらの家までは、このまま進めば小一時間はかかる。近道を行くぞ」

「それなら自分でも」

「命令だ。替われ！」

こうなると、グレイランサーと矛《ほこ》を交えるしかない。シザムは渋々と御者席を抜けた。

やがて、前方に平原の端——崖っぷちが見えて来た。道はそこから左へ迂回《うかい》し、緩やかに崖の下へと下りていく。

馬たちはわき目もふらず直進した。

崖が迫って来る。

シザムが眼を剝いた。

グレイランサーの馬車が消え、自分のが巨大な奈落へ呑み込まれた瞬間も、彼は無言を通した。

第五章　致命傷

1

崖下の農家に着いたのは、二十分後のことである。

平然と馬車を下りるグレイランサーとギャラガーを〝剣師〟は憮然《ぶぜん》たる表情で追った。

いくら貴族と〝半人〟とはいえ、重力コントローラーもなしで、ほとんど垂直に近い崖を無事に走り下るとは、いまのいまでも信じられないのである。

二人はそれをやってのけた。シザムの身体が、激震する車体や、耳もとを唸りとぶ風を覚えている。そして、彼らは平然と闇と同じ色をした小さな家のドアを叩いている。

じき、インターフォンを通して、

「誰だい？」

凄みを利かせた男の声が訊いた。

「グレイランサーだ。開けい」

すぐに、

「ふざけるな。ぶち殺すぞ」

正しい反応があった。

グレイランサーがドアを押すと、触れたとしか見えないのに、それは爆破されたがごとき勢いで内側に吹っとんだ。

「な、何事だ？」

ドアの下敷きになって呻《うめ》いたのは、逞《たくま》しい中年男だった。谷底は安全地帯ではないらしく、シャツとズボンに靴まで履いている。手には水平二連の火薬長銃を摑んでいた。

「父さん、どうしたの？」

家の奥から同じ格好をした紅毛の娘がとび出して来て、一瞬立ちすくんだ。グレイランサーたちを見たのである。その首には白い包帯が巻かれていた。

その間にグレイランサーはドアの端に手をかけて軽々と持ち上げると、壁に立てかけてしまった。

「父さん、しっかりして」

抱き起こした父をそばの椅子に掛けさせ、娘は気丈にグレイランサーをにらみつけた。怒りはたちまち消え、

「どなたですか?」

怯えに濡れた声で訊いた。

「私はグレイランサーだ。おまえがシャルロット・コディか?」

娘は少しためらい、

「そうです」

と答えた。それから、ようやくこの事態を理解して、限界まで眼を剝いた。

──ほお。美形だな
この状況で、シザムは胸の中で感嘆した。貴族なら、大公でなかろうと白い喉《のど》にかぶりつく欲望を抑えられないだろうし、人間なら口説く半ばで襲いかからずにはいられないだろう。
十五、六と思《おぼ》しい痩せ型なのに、異様に官能的な眼と唇を持った娘であった。
「訊きたいことがあって来た。時間はこちらに合わせた。三日前、おまえは老貴族に血を吸われたな?」

いきなり本題であった。娘──シャルロットに隠蔽《いんぺい》する余裕はなかった。

紅毛の頭がうなずくのを見て、

「その前に、おまえの体内に毒物を入れた者がおる。いや、もはやかなりの数にのぼっておるがな。思い当たることはあるか?」

グレイランサーは娘の眼を見つめている。何度か逸《そ》らそうとしながらも、娘は魔法に魅入られたかのように立ち尽していた。

「シャルロット、おまえは何も知らねえんだ。覚えてねえと言ったろ？　黙ってろ」

蒼白の鬼のような表情で父親は怒鳴りつけ、グレイランサーに向き直った手には、火薬長銃が握られていた。

「ご領主さま——確かにこいつは血を吸われました。ですが、それは他にいくらもあることでしょうが」

「そのとおりだ。毒血を持った者も他に出現しておる。だが、そうなると、おまえたち虫ケラは存在価値を失うことになるぞ」

父娘は顔を見合わせた。グレイランサーへ向き直ったのは死相に近かった。

「毒を入れても無事な以上、それはおまえたちにとっての毒ではないのだ。ならば除去しても、もとの虫ケラでいられるであろう。それは我々が行う。おまえの娘から訊きたいのは、血に毒を混ぜた者の名だ。いまから私が許可するまで、父親よ、おまえは口を開いてはならぬ」

「ご領主さま……」

シャルロットがその場へ崩れ落ちた。

「私は何も……何も……」

「知らぬと申すか？」

「はい」

「この件に関しても、我らの調べは進んでおる。そちと父親の言い分が偽りと知れた場合、ともに八つ裂きの刑に服することになるぞ」

考えればある意味当然のことだが、人間のすべてが貴族——吸血鬼の恐怖を味わうとは限らない。人によっては、一生その恐ろしさを感知することなく生を終える者たちも存在する。シャルロットもそのひとりであった。そして、そういう人間は、そうでない者たちに比べ、格段に貴族の脅しに屈しやすい。

ああ、と呻《うめ》いて、シャルロットはその場に膝をついた。

「……父さん……あたしは……だから、嫌だって……」

「やめろ」

いきなり、父親は上体を娘にふり向けた。

ハンマーで鉄板を叩いたような音がした。

シャルロットが人の形をした塊のように吹っとび、壁に激突した。

その前に、父親の長銃はその手から弾《はじ》きとばされている。一歩出てその顎《あご》に肘《ひじ》打ちを叩き込んで失神させ、シザムは後ろに立つギャラガーへ、

「遅いぞ」

と言った。

〝銃師〟は無言で右手の燧《すい》発《はつ》式——フリント・ロック拳銃を腰のホルスターに納めたところだ

った。遅いとは、父が娘を射つよりも、ということだ。

「御前——自分が」

グレイランサーはうなずいた。シザムは床に倒れたシャルロットに歩み寄って、脈を取り、瞳孔を調べた。立ち上がって、

「即死です」

と言った。

「しかし、父親が残っています」

「そのとおりだ。すぐに正気に戻して尋問《じんもん》せよ」

「承知いたしました」

父親は椅子に掛けさせられ、桶《おけ》の水を浴びせられて覚醒した。縛られていないのは、必要ないからだ。逃げられるはずがない。

「娘は死んだ」

とシザムは冷たく言った。

「おれも人間だ。あんたを痛めつけたかないが、御前から給料を頂戴している身では仕方がない。娘の血に毒を混ぜたのは誰か、さっさと吐いてくれれば、おれもあんたも嫌な目に遇わないで済むんだが」

「知らねえ、おれは何も——」

「娘射ち殺しといて、知らねえで済むかよ。考えてみりゃわかるだろ。なあ、無駄な時間を使わせるな」

「知らねえ。本当だ。ここはおれの家だぞ、さっさと出てってくれ」

「そうか、なら仕様がない。家の外にいる兵士どものひとりにあんたの血を吸わせてから、村の真ん中に放り出すぞ。〝半人〟がどんな風に扱われるか、よおくわかってるよな。よくて一生幽閉、悪くすりゃ嬲《なぶ》り殺しだ。ここか他の土地で一生静かに暮らすより、そっちの方が好みか？」

「知らねえ知らねえ」

「そうかい、仕様がない。おい、ロペス、ひと口すすってやれや」

グレイランサーの背後に控えていた兵のひとりが、領主がうなずくのを待って、部屋へ入って来た。

温かい人間の生血の味を想像してか、兵士はもう舌舐《な》めずりしている。

「やめろ、やめてくれ。血なんか吸われたら――」

立ち上がろうとした父親の肩を、シザムが押さえつけた。頸部《けいぶ》を露出させて、

「ひと口だけだぞ」

兵士が近づき、父親の首すじに屈み込んだ。

「やめろう――しゃべる！」

次の瞬間、父親は火に包まれた。

シザムもギャラガーも呆然と立ちすくむ——その間、三秒。椅子の上に残っているのは白い灰であった。急速に上がった室温が急速に下がっていく。

「何だ、こいつは?」

さすがにシザムはすぐに反応し、三秒前は人間だった白い灰をのぞき込んだ。

「おい、ドクター、分析しろ」

と、まだ立ち尽しているロペスを無視して、背後の兵士に命じる。軍医がやって来た。アンドロイドである。他の領主は変身溶液に漬けたり、人工皮膚を被せたりして、貴族に見せかける。戦闘において真っ先に狙われるからだが、グレイランサーは、機械ごときが我らと同じ姿形を取るなど汚らわしいと、もろメカの露出で通している。灰を付着させる指も、分析プレートをせり出し、灰を載せて引き戻す胴体も、黒光りする機械そのものだ。

その両眼が赤くかがやいた。

「灰と化した人体です。人体は体内より発生した熱によって焼却されました。温度は十万度。原因は燃焼物質を事前に体内に呑み込んでいたものと思われます」

「どうやって発火させた?」

シザムは、これだけは残った椅子の腕を見つめている。

「これも事前に、彼の代謝を計算し、精神的な禁忌《きんき》状態を破った瞬間に、体内物質に生じた変化が燃焼物質に点火するよう調整してあったと思われます。催眠術において、ある言葉を口にしたら心臓が停まると暗示をかけ、そのとおりにすることが可能です。今回も同じ事例です」

「これと同じ現象は過去に例がある」

グレイランサーの重々しい声が、一同を沈黙させた。

「〝人体発火現象〟というやつだ。だが、これは人為的なものだろう。人間にできるとは思えん」

「ＯＳＢですな」

ユヌスが領主を見た。

「或いは、技術供与を受けた人間か。どちらにしても、ここでの手がかりは絶えました」

「いいや、家捜しせい」

とグレイランサーは命じた。

「貴族全部に逆らった以上、それなりの報酬を得ているはずだ。捜し出せ」

別のアンドロイド兵士が三体現われ、家中をスキャンして廻った。

それは寝室の物入れの中にあった。

革袋からテーブルの上に広がった金貨の山に、シザムが口笛を鳴らして一枚を取り上げた。

「千ダラス金貨だ。それがざっと千枚――〈辺境区〉がちょっぴり買えちまうぞ」

彼は金貨の端を噛んでうなずいた。

「人間どもに集められる額か？」

グレイランサーが副官に尋ねた。

「不可能です。模造品でなければ、貴族の蔵を襲ったか——」

「貴族が自ら提供した」

「左様かと存じます」

グレイランサーは驚いた風もなく、

「コルネリウスの残党がなおいたか。ユヌス——金貨の出所を突き止めい」

「はっ」

「それと、ここ半年の間に、〈中間地帯〉へ出入りした者のリストをパドスに提出させよ。OSBといえど、隠密裡にここへ入ることは不可能だ。出ることも、な」

「はっ」

「では、行くぞ」

グレイランサーは踵《きびす》を返した。狭い家の中を、何ひとつ触れずに、風を巻いて歩き抜けた。

ドアの外は、貴族とアンドロイド兵が固めている。

グレイランサーを見て、彼らは左右に退いた。

闇だけが広がる前方。その彼方から飛来した矢が一本、見事に大貴族の心臓を貫いた。

2

片膝をついた巨軀《きよく》の前に、誰よりも早く立ち塞《ふさ》がったのは、驚きを知らぬアンドロイド兵であった。

わずかに遅れて生身の兵士たちが壁を作り、グレイランサーを家の中へと運び込んだ。

「ギャラガー、敵は〝妖弓師〟だ。対岸の崖の上から狙った。出番だぞ」

シザムの叫びに応える者はない。

〝銃師〟は何をしているのか。彼はまだ居間にいた。グレイランサーの動きがあまりに俊敏すぎて、追うのが遅れたのである。

シザムの声を耳にするや、彼は腰のパウチから〝照準水晶球〟を取り出して、テーブルに置いた。すでに装塡《そうてん》済みのライフルの撃鉄を上げて、戸口へ向けるその顔は、修行僧のように無心であった。眼は固く閉じられていた。

水晶球はゆっくりと回転し、数秒のうちに持ち主の願う標的を、その中に映し出した。

月を求めるように、磁力飛行具をつけた黒影が上昇していく。黒いコートを着た女だ。

「距離は五キロ、高度二百メートル――時速三百キロでなおも上昇中」

ぶつぶつと呪詛《じゆそ》のようにつぶやいた痩せ男が奇蹟を起こすとは、誰が想像しただろう。

彼は戸口に向けて肩付けしたライフルの引金を引いた。

ばしゅ、と鳴った。

弾丸《たま》は出た。だが、戸口のすぐ向うは壁だ。玄関は石だ。開け放たれたドアもそこにある。

燧《フリント》発《・ロ》式《ック》ライフルの射程は最大で二キロ、命中範囲――有効射程となれば五百メートルがいいところだ。

このとき、頭上を飛んでいく弾丸をシザムと数人の兵士が感覚した。

グレイランサーが運ばれ煮えくり返るような騒ぎの寝室へ、ギャラガーが入って来た。

「どうした？」

とシザムが訊いた。

「当てた」

と青白い〝銃師〟は独特の答えを返した。

「だが、敵は防弾服を身に着けていた。当てたのは飛行具だ。捕えに行け。落下地点は――」

聞き終えるやとび出していくアンドロイド兵士の後を追って、ギャラガーも踵《きびす》を返した。

「何処へ行く？」

「敵は〝妖弓師〟だ。電磁矢でも使えば、アンドロイド兵士もやられる。しかも、矢の射程は五キロだ。こちらが姿も見ないうちに殺《や》られてしまう。おれが行くしかあるまい」

「それだけか？」

ギャラガーはふり向いた。その青白い顔へ、シザムは、

「おまえの趣味で、生命を危険にさらすな」

ギャラガーはうすく笑った。

「おまえに言われるとは、な」

彼はまた背を向け、左手を軽く上げると廊下を歩み去った。

「シザム」

とグレイランサーが呼んだ。

矢を突き立てたまま、彼は上体を起こした。両眼には憎悪の炎が燃え猛《たけ》っていた。

「私を狙った奴——ギャラガーは仕留めたであろうな？」

「いえ」

「何と申した？」

「お言葉ですが」

とユヌスが引き取った。

「下手人は、今回の陰謀を暴く最重要人物でございます。生かして捕えるが上策かと」

「ギャラガーの小才子めが。このグレイランサーを傷つけた相手を生かしておくなど、下郎の愚行だ。ここへ連れて参れ」

「下手人の逮捕に向かいました」

「ふむ。生命冥加《いのちみようが》な奴よ」

言うなり、彼はベッドに倒れた。

「御前、安静に」

アンドロイドの軍医が手の平を撫でるように滑らせた。患部センサーが付いているのだ。

「どうだ？」

ユヌスが訊いた。

「心臓に命中しております」

「では――」

「ユヌス」

と呼ばれた。その声に、聞こえはしないがまぎれもない苦悶を感じ取って、副官は沈痛な表情を見せまいと努力しながら、ベッドの傍らについた。

「私の臨終か？」

「とんでもございません。矢は急所を外れております。そのようにお元気なのが証拠でございます」

「おまえは有能だが、指揮官になるには致命傷を負うておる。嘘が下手だ」

「………」

「敵は〝妖弓師〟だ。狙いは外さぬ。そして、私は防護服を着けておらん」

ユヌスは言葉を失った。

地面が裂け、呑み込まれる感覚であった。

この大貴族が、ただひとすじの矢によって崩壊してしまう。それは十二分に起こり得ることであった。考慮すべきことであった。それなのに、なぜ？　この御方に限って滅びるはずがない——グレイランサーを知る者はすべてがそう考えていたのである。それは信仰に近かった。

「だが、おかしなことに、私はまだ塵《ちり》にならぬ」

ユヌスは、地面が現状に回復するのを感じた。そうだ。心臓を射ち抜かれた貴族は、瞬時に崩壊する。なのに、なぜ？　やはりこの御方は別格なのか？

「昨年、ある人物から、面白い技を習った。内臓の位置を瞬時に変えるのだ」

「——御前？」

「自分で試してみたのは三、四遍だが、少しは役に立った。少しは、な」

「すると——心の臓に命中したというのは？」

グレイランサーのベッドをはさんだ向うで、軍医が、

「命中個所は、大動脈弓です。心臓には違いありません」

ユヌスは黒い合金製の顔をにらんだ。

「安心するのはまだ早い」

と軍医は、合金製の唇を上下させながら言った。

「私の情報《データ》によれば、たとえ大動脈弓であろうと心臓を貫かれれば、貴族は滅びます。心臓と貴族の関係は、物理の法則に従わない――むしろ観念的なものです。ですが、御前は例外的に生存しておられる。データ収集中ですが、恐らく収集完了後も、自分には理解できないでしょう。これも貴族にまつわる超常現象のひとつかと存じます」

「では、御前は助かるのだな？」

「御前――いかがです？」

軍医の顔が向いた先で、グレイランサーは矢に手をかけたところだった。

「大したことはない。抜けるか？」

「何とも申し上げられません」

「なぜだ？」

慌てたのは、グレイランサーよりもユヌスとシザムであった。

「抜いても御前が無事でいられるか、不明なのです」

と軍医は返した。

「恐らくこの状況は、御前のみに許された奇蹟なのです。それに外から手を加えたらどうなるか、私は医師としても、一アンドロイドとしても、明言できません」

「なら、放っておけばいいと申すのか？」

ユヌスの表情ははっきりと昏迷《こんめい》を湛《たた》えていた。

「それもわかりかねます」

「糞ったれロボットが」

吐き捨てたのはシザムである。

ベッドのグレイランサーへ、

「御前、具合はいかがです？」

「無礼な」

ユヌスが顔色を変えた――と思うが、青白いのはあまり変わらない。

「よい」

とグレイランサーは応じて、腕に力を入れた。

「かようなものは、傷のうちにも入らぬ。いま抜き取ってくれる」

「おやめ下さい、御前！」

ユヌスが駆け寄って腕を押さえた。

「みな、手を貸せ」

「それには及ばぬ。どけ！」

グレイランサーは反対側の手をふって殺到して来る家来たちを停止させた。同時に五センチばかりを残して矢柄をへし折った。

手の中の分を床へ叩きつけ、彼は立ち上がって同じ床の部分に鮮血を吐いた。

「御前⁉」

「ふむ。完璧にはいかぬな。少し動かしたらこの様だ」

「横におなり下さい。すぐ、オートダインを寄越します」

「そんなものを呼んでみろ。通信装置にひと言でも発したら、明日から一兵卒に格下げだ」

「……………」

「それよりも、このグレイランサーに手傷を負わせた刺客――そうそうたやすく兵士どもの縄にかかるとも思えぬ。案内《あない》せい」

硬い音が浪のように渡った。ユヌス以下全員が踵《かかと》を打ち合わせ、直立不動の形で敬礼したのである。

無茶だ、という危惧《きぐ》の代わりに、その顔を彩《いろど》っているのは感動の色であった。

やはりこの御方は特別だ。

心の臓を射られながら、塵にも灰にもならぬ。

正に不老不死――大貴族《グレイランサー》よ、あなたこそ、真の英雄です。

「もはや、ここに用はない。全員、ついて来い」

おお、と歓喜の叫びを上げて兵士たちは、靴音高く歩き出した濃紺のケープを追って部屋をとび出して行った。

3

〝銃師〟ギャラガーは、四キロほど西南の岩場に身を隠していた。

ここへ来るまで、降り注ぐ鉄矢を浴びて、同行した貴族の兵士とアンドロイドたちは全滅していた。

本来なら、ギャラガーの〝照準水晶球〟が見えざる敵も映し出して応戦するのだが、見たこともない相手を照準するには時間がかかる上、一回ごとにそれが長くなる。馬車の上からそれでも一発狙いを定めたが、これは何と途中で鉄矢とぶつかり、破壊されてしまった。敵も未確認照準器を備えているか、透視能力があるに違いないとギャラガーは判断した。でなければ、目撃したことのない標的――兵士やアンドロイドを射倒すことはできないのだ。

弓と矢ではパワーにも射程距離にも圧倒的な差があるが、速射能力では、単発式のライフルは到底及ばない。

幸い、敵の矢はグレイランサーに刺さった品も、彼の弾丸と相討ちになった鉄矢も、肉眼と水晶球とで視認している。敵の攻撃は迎撃可能だ。そして向うはこちらの手を十全には把握していない。

極端な話、〝魔法射撃〟同士が戦えば、どちらも敗北するしかない。勝者はいないのだ。だが、標的を殺傷するのは、所詮、弦と火薬で射ち出された木や鉄や鉛の弾頭にすぎない。〝魔法射撃〟では、最高速度が命中する瞬間まで維持されるが、パワー自体は戦車の装甲を射ち抜くことは不可能だ。

ならば射手は任務遂行中、強固な装甲《プロテクター》か防御帯《バリヤー》で全身を被甲すれば、あらゆる〝魔法射撃〟は無効となる。それがまだ生き残っているのは、全人類が二十四時間防御帯に籠もっているわけにはいかないからである。遠隔透視によって、生身の身体になった標的を知るや、射手と〝妖弓師〟が背中合わせに立って射撃すればこの星を一周して相手の心臓を前方から貫く。正しく防ぎようのない魔弾であり、狙撃なのであった。

そして、奇妙な〝掟《おきて》〟がこの射撃術を身に着けた射手たちには存在する。

すなわち、

〝装甲を身に着けてはならない〟

と。

この他人の生死を弄《もてあそ》ぶような〝掟〟がいつ作られたかは不明だ。一種の習慣とされている。だが、いまなお遵守《じゅんしゅ》せざるを得ない理由《わけ》は、〝掟〟を破った者たちが例外なく、数年のうちに死亡するためだ。これを一種の〝意志〟によるものと解明するのに、射手の人数が少ないこともあって、関係者は五百年をかける羽目になった。

かくて、その正体は未知の霧に包まれたまま、〝魔法射撃〟〝妖弓術〟は生き残り、なおも闇の世界の狙撃を繰り返しているのだった。

ギャラガーはここにいたるまで、ある疑問を抱いていた。敵は遠隔透視を身に着けているに違いない。なら、自分が生き残った理由は？

水晶が虹色にかがやきはじめた。

まだ機能を回復していない。

射ち落とせるか、と思いつつ、ギャラガーはすぐに諦め、標的の姿を脳裡に浮かべつつ引金を引いた。

水晶球に眼をやった。

映っている。

黒いすじが数本――いや、数十本。

「バラ矢か」

呻いて舌打ちした。

一度では不可能だ。数度に分けて放ったものだろう。

「そうか。見えていないのだ」

ギャラガーは気づいた。

敵には透視能力がないのだ。だから個人を狙うのは不可能だが、全員が同じ姿のアンドロイド兵士は狙い射ちができた。生身の連中も殺《や》られたのは、兵士の格好をしていたからだろう。

この場合、命中率はかなり落ちるから、兵士たちは各々数本の直撃を受けたのだ。いま迫りつつある数十本の矢も、ギャラガー自身を狙うものではなく、アンドロイド兵を標的とし、その一帯に射ち込むよう、射かけられたものであった。

「なら、外せる」

ぶつぶつつぶやく声に比べて、ギャラガーの動きは速かった。

水晶球をポケットにねじ込むや、ライフルとショルダー・バッグを掴んで走った。

五秒、とつぶやいた。勘だ。

四秒。百メートルは離れた。

CEP――半数必中界は百五十メートルと踏んでいた。あと六十と少し。

「一秒」

地面を蹴った。

頭から、見えざる境界線の向うへとび込んだ。

その背後で、鉄の雨が地面に食い込む響きが連続した。

間一髪、抜けたらしかった。

ひと息洩らしたとき、街道の方から、サイボーグ馬にまたがったグレイランサーが現われた。

見事なスライディングで馬を止め、こちらへ向かって来る大貴族の胸を見て、

「御前、その胸は？」

口数の少ない〝銃師〟が思わず口にした。

「大事ない。二度とこれに関して口にするな」

と命じて、

「敵はどうした？」

ギャラガーは水晶球をのぞき、

「仕留めてございます」

「殺したか？」

その眼が険しくなるのを感じて、

「手前の銃は連射が利きませぬゆえ、射ったのは散弾でございます。その分殺傷力は落ちますが、命中すればまず、身動きひとつできますまい」

「そこへ連れていけるか？」

「承知いたしました。ですが、手前のサイボーグ馬は射殺され、馬車の操縦ができかねます」

「馬ならあそこにおる」

「しかし、一頭では」

「馬車は引けぬ。だから、来い」

「お待ち下さい。ひょっとして、御前と同じ馬に？」

「他に手があるか？」

「いえ。しかし——実は手前少々、腰痛の気味がありまして、直《じか》にサイボーグ馬に乗るのは無理かと」

「おまえも惑わされておるな。私の乗馬術は貴族どもの背骨をへし折ってはおらんし、人間どもの誰ひとりも殺してはおらぬ」

「…………」

「その眼——何を怯えておるか？　急ぐのだ。乗れ」

「——いや」

声と同時に、その身体は襟首《えりくび》を掴んで持ち上げられて、鞍《くら》をまたいでいた。

その前にグレイランサーの巨体が乗り、掴まっていろのひと言もなく、サイボーグ馬は疾走に移った。

荒野の一角に到着したとき、敵の姿は失われていた。馬を下り、

「ここだと言ったか?」

むしろもの静かなグレイランサーの問いに戦慄しながら、

「間違いありません。恐らくは敵の一味か——」

とギャラガーは周囲を見廻した。

「来たの」

と言ったのはグレイランサーだが、頭上を見上げたのは二人同時であった。ギャラガーは〝半人〟なのだ。

天の一角から飛行具を背負った二つの影が接近し、二人の前方十メートルほどの地点に着陸したのである。

磁気利用だから、炎も出ず無音だ。

グレイランサーと知らぬはずがない。その上で堂々と姿をさらす以上、並々ならぬ自信の持ち主たちといえた。

「気を抜くな」

とかけられた声には、驚きも軽視も緊張もない。ギャラガーは驚嘆した。

――この御方は、自分を怖れぬ敵を屁とも思わぬのか？　それどころか、愉《たの》しんでいるようではないか。

ひとりは濃紺と深緑の糸に銀糸を編み込んだ上衣に、これも使い古しのような長靴を履いた男であった。見た目は大貴族のそれとさして変わらない。右手に下げた長槍の紅色ばかりが鮮やかだ。そして、より深い紅を刷《は》いた唇からは、白い牙《きば》――貴族に違いない。

もうひとりは、長髪の首に何枚ものスカーフを重ねた濃い丸眼鏡の――こちらも牙出しだ。

風が途切れた。

二人の敵が無言で一歩を踏み出したとき、

「名を聞こう」

とグレイランサーが言った。

低いが霹靂《はたたがみ》の唸りのような声であった。二人は足を止めた。

「さすが、貴族の中の貴族」

と長槍の主が微笑した。

「出端《でばな》をくじかれたな。おれは〝槍師《ランサー》〟エレクトラ。こっちは〝銃師《ガナー》〟ハンセンだ。貴族の成れの果てと覚えておいてもらおう」

「私はグレイランサー、こちらは、ふむ、同じく〝銃師〟だ。ギャラガーという」

敵は顔を見合わせた。グレイランサーを見つめ直した眼に、不思議な光があった。

「名乗るとは思わなかった。武人との通称は嘘ではないらしい」

エレクトラの眼が、爛々《らんらん》とかがやきはじめた。

「ならば、おれの眼が血光を放っている理由《わけ》も、歯と歯が鳴り響く理由もわかるな。嬉しいぞ、グレイランサー。これは武人同士の戦いだ。報酬は返して来よう。おまえたちを塵に変えてから、な」

「誰に返す？」

「塵となってから教えてやろう。ところで、胸の傷はハンデの対象にはならんぞ」

空気が変質するのを、ギャラガーは感じた。怒りであった。グレイランサーが怒り狂っているのだ。ハンデのひと言が誇り高き武人を狂わせたに違いなかった。

「もとよりだ」

言うなり、巨体は地を蹴った。十メートルの距離など存在しなかった。

凧と槍がエレクトラの頭頂へ躍った。グレイランサーは彼の頭上にいた。逆しまに。

垂直に突き下ろされた長槍を、エレクトラは左腕で撥《は》ね返した。その腕は指先から肩まで鉄の装甲で覆われていた。

つぶれた銃声が轟《とどろ》いた。

ギャラガーとハンセンが同時に射ったのである。

二発の弾丸は二人の中間地点で激突し、四散した。二人は顔を押さえてのけぞった。破片を食らったのである。

着地と同時にグレイランサーはエレクトラの心臓へ突き込んだ。

かろうじて躱《かわ》した足下を、長槍は嵐のごとく薙《な》ぎ払い、横転した身体へ新たな突きが吸い込まれる。

エレクトラの顔には恐怖と驚愕とが広がっていた。まさか、これほど防戦一方になろうとは。

大貴族と呼ばれる男の力も技も、すべて彼を凌《しの》いでいた。

「おまえは二度と攻撃はできん」

一秒に十手も打ち込みながら、グレイランサーは静かに指摘した。

「かと言って、生涯受けてはいられまい。ここで決着をつけよう。覚えておけ、エレクトラは見事な〝槍師〟であった。だが、グレイランサーの足下にも及ばなかった、とな」

引き戻された長槍は、エレクトラの心臓をためらいもなく貫通する――はずが、わずかにずれて左の肩を破砕してのけた。

グレイランサーが左手で空中の何かを摑んだのである。それはひとすじの矢であった。

「生きておったか、嬉しいぞ。だが、またしくじった」

彼は怒号した。

「この私の心の臓を、曲がりなりにも貫いた弓師よ。待っておれ、いまにこ奴らを始末した上で、おまえにも報いてくれる」

戦場での血の誓いであった。戦士たるもの、果たさねばならぬ。だが、これにはもう少し時間が必要であった。

凄まじい風と砂が、ひと声叫んで、グレイランサーたちを直撃したのである。

第六章　義俠

1

「これが奴らの切り札だ」

テーブルの上に放られた、一見、何の変哲もない木の矢を、まず手に取ったのはパドスであった。

しげしげと猜疑《さいぎ》の視線を注ぎ、

「ほお、見たところ、何処の矢場にも転がっている普通の矢でございますが、鏃《やじり》の形が少々ねじれているようでございますな」

「それが瞬時に大嵐を生じさせ、私の眼をくらませたのだ。敵はその間に逃げた。もともと飛行具を着けておったからな」

グレイランサーはこう言って、大テーブルの前に着席した顔触れを眺めた。

副官ユヌスをはじめ、パドスとその副官カトゥナ、及び〝剣師〟シザムと〝銃師〟ギャラガーである。本来〈護衛〉などが参加できる場ではないが、グレイランサーは気にもしない。

「しかし、いかに嵐とはいえ、御前が眼と鼻の先の逃亡者を見逃すなどとは到底考えられませぬが」

「左様」

パドスとカトゥナの眉は不審に歪んでいた。

ユヌスは気が気ではなかった。

〈辺境〉のさらに一部の統治者が、グレイランサーの性格を知悉《ちしつ》しているとは限らない。当人たちは、これでグレイランサーを顕彰しているつもりなのだ。善意のもたらす怖るべきミスとその結果に、彼らは気づいていない。

ここで、シザムがぴんと来た。

「御前、お顔の色が優れぬようですが」

「大事ない」

憮然《ぶぜん》たる返事であった。

パドスたちの顔色が、みるみる優れなくなった。ようやく理解したのである。

グレイランサーが敵の逃亡を許したのは、その手傷によるものだということを。

「磁力飛行具といえど、壁を越えようとすれば、無限長バリヤーによって消滅させられます。

例外はありません。従って、彼らはまだ〈中間地帯〉内にいると思われます」

ユヌスが話題を変えた。

「捜し出せ。敵の頭を発見し、叩きつぶさねば、戦いは果てしなく続くぞ」

と言ってから、グレイランサーはシザムとギャラガーの方を向いた。

「心にもないことを、と思っておるか？」

「いえ」

「とんでもない」

と答えたものの、ぴたり適中だから、声はオタついている。

「まあよい。戦いとは長く、辛い方が勝利の快楽が増すものよ。パドス——この内部から敵を捜し出すのに、どれくらいかかる？」

「——半月いただければ」

「七日間」

「承知いたしました」

一礼したとき、天井の方からサイレンの音が流れ出した。

夜明けが近いという合図だ。

時刻《タイム》は、静止軌道上の情報衛星からもたらされる。

「寝室のご用意ができてございます」

直立不動の姿勢をとるパドスへ、

「人間の集団が〝門〟へと近づいております。その数——推定三千名」

となまめかしい女の声が告げた。

「新しい虫ケラどもか」

グレイランサーは厳しい眼をパドスへ向けた。

誰もが、虫ケラ難民への対処を指示するのだ、と思った。

大貴族の眼は、天井に移っていた。

「あの声は、おまえの趣味か？」

アナウンスのことだ。

「は、いや」

「即刻変更せい。五分以内に変えねば、私の手でその心臓に楔《くさび》を打ち込んでくれるぞ」

その言葉が決意である証拠に、グレイランサーは牙《きば》を剝《む》いていた。

〝虫ケラ〟の大群が〝門〟の前に着いたのは、それから一時間の後であった。

監視所の展望室から見ると、百メートル下の集団は、正しく色とりどりの虫《バグ》の群れにすぎなかった。そういう心境にならざるを得ない状況なのである。

展望室の窓から後ろ手に組んで、睥睨《へいげい》を愉《たの》しんでいるのは、パドスとカトゥナであった。

無論、昼間に出歩けるわけがない。電子立像だ。そして、当人は何処かにある柩《ひつぎ》の中で熟寝《うまい》を貪《むさぼ》っている。立像の思考と行動は誰が決めるのか。コンピューターである。彼らに限らず貴族たちが昼間も支配者として行動すべく、コンピューターはその性格、行動パターン及び偶発的行動までを洩れなくバンクに収納し、立像に付与する。

人間の亡霊が夜出没するがごとく、昼間出現する貴族の幻は、コンピューターの生み出した、しかし、まぎれもない柩の中の生ける死者本人なのであった。

グレイランサーのみ本物だ。彼の妹が作り出した〝時だましの香〟の力である。

「来よったか。要求は届いていたな」

パドスの問いに、カトゥナは、

「例の伝染病を避けるために、〈中間地帯〉への受け入れを希望しております」

「〈御神祖〉の許可証を持っている以上、やむを得ぬな。半日ほど勿体《もったい》をつけてから開けてやれ」

「承知いたしました」

半日間の勿体は、言うまでもなく、その間の〝虫ケラ〟たちの煩悶《はんもん》を愉しみたいからだ。これは貴族に限ったことばかりではあるまい。

その旨《むね》が告げられると、たちまち〝虫ケラ〟たちの間から、怒りと憎しみの抗議が噴き上がった。

「見ろ。奴ら泣きそうだぞ。だが、許可は出したのだ。おとなしく待つであろう」

「真《まこと》に」

思い切り笑った。広い展望室にいるのは二人と、これは実体のアンドロイド・ガードたちである。二人の笑い声が鳴り響いた。

「卿《きょう》はどうしておられる？　と言っても、眠りの深さまではわからぬが」

「それが——先程、一階ロビーの窓から虫ケラどもをご覧になっております姿を、拝見いたしました」

「ほお、同じやり方であるか」

言い合っているところへ、外から新しい情報が入った。

コンピューターから、それを受け、パドスは眼を剝いた。

「どうなさいました？」

「発信者不明の密告だ。あいつらの中に、反逆者どものリーダーがいるという」

「サンホークのことでしょうか？」

「他にいるものか。すぐ、御前にお知らせしろ」

駆けつけたのは、ユヌスとシザムに新人らしいもうひとりを加えた三人に、アンドロイド兵士たちであった。

シザムは人間だから当然だが、ユヌスがいるのは自分たちと同じだろうと、パドスらは驚きもしなかった。

「よく知らせてくれた」

ユヌスは窓から下を眺めて、

「御前は城壁の観察に出向いておられる。通信はそれだけか？」

「左様で」

とパドスが答えた。

「人間は三千人。どう特定する？」

「それは難題ですな。〈御神祖〉の許可を得た連中だ。拷問《ごうもん》にかけるわけにも参りません。ですが、〈辺境区〉に甚大な被害を及ぼしている反逆者をむざむざと逃がすわけにもいきますまい」

二人の首脳は沈黙した。

「自分にまかせていただきたい」

声の主に、全員の視線が集中した。

カトゥナであった。

「仰るとおり、片方が立てば片方が立たぬ。お二人の立場では永遠の堂々巡りでございましょう。卒爾《そつじ》ながら、いい案とは申しませぬが、私に考えがございます」

「いかがです、ユヌス侯？」

「どんな考えだ？」

そのとき、パドスが耳に手を当てた。

その表情を一瞥《いちべつ》して、

「何があった？」

こちらも憮然たる表情で訊いた。

「群集が〈御神祖〉さまの名を唱えはじめました」


その名を唱えはじめたのは、あの農家の居候《いそうろう》であった。

単なる〈御神祖〉の声に、すぐ、同じ農家の娘と息子が和し、あとは周囲の家族や人々に広がって、三千人の大合唱になるまで数十秒の出来事であった。

「凄いや、ブルースター。みんな合唱してるよ」

感動の眼差しで精悍《せいかん》な若者を見つめるのは、ラルフという名の少年であった。

「みんなをひとつにしちまった。姉ちゃん、凄いよね？」

かがやく眼の向うで、ジェニファーという名の少女が、大きくうなずいた。

天地を揺るがす大合唱の効果を、ブルースターは疑っていなかった。

百メートルの大壁面を、〈御神祖〉〈御神祖〉の叫びはよじ昇り、天上へと消えていく。

もはや、それは単なる合唱とはいえなかった。聖なる祈りの声であった。

夜明けの雲を押しのけるような黄金の光が人々を照らし、彼らは恍惚《こうこつ》とその名を唱えつづけた。

〈御神祖〉

〈御神祖〉

〈御神祖〉

と。

合唱は途切れなく続いた。

巨大な歯車のきしみに似た音が、それを呑み込んだ。

みなが音の予想させる一方向を指さし、絶叫した。

「〝門〟が開くぞ！」

人々の頭上には、レーザー砲とミサイル搭載のオートダインが黒い蝶《ちょう》のようにとび巡っている。

それが弾《はじ》かれたようにとび離れ、不動の扉は確かに上昇しつつあった。

「通るぞ！」

誰かが叫んだ。どっと人の波が位置を変え、しかし、すぐには動かず、数秒を置いて動き出そうとした。

それを待っていたかのように、扉は停止した。

確かに待っていたのである。

人々の頭上に、そのとき朗々と降り注いで来た声は、悪意に満ちていた。

「聞け、人間、いや虫ケラども。余の名前はカトゥナ大佐。いま、〝門〟に関する決定権を委《ゆだ》ねられておる」

「お兄ちゃん」

ラルフ少年の不安げな声に、あくまでも力強く笑い返しながら、ブルースターの表情はいつになく険しいものに変わっていた。

2

「ここ数年、各〈辺境区〉を荒し廻っているサンホークなる反逆者集団のリーダーのことを聞いた覚えがあろう。そ奴がこの〈北部辺境区〉に侵入し、騒乱を起こすべく画策していることが明らかになった。反逆の芽を摘《つ》むこと早きに如《し》くはない。そこで、いま、静止軌道からプラズマ砲がそいつを狙っている」

どよめきが人々の間を渡った。

「見ろ」

真紅の光条が天空を切り裂いた。

人々の端から一キロ離れた大地が煮えたぎり、ガス化し、イオンと無に変わった。

熱波が平原を渡り、人々を薙《な》ぎ倒した。

「正直に言おう」

カトゥナの声は笑いと傲慢《ごうまん》の塊と化していた。

「そ奴はおまえたちの中にいる。それが誰なのかも正直、わかっている。サンホークとやら、自ら名乗り出い。さすれば、他の罪なき者は助けよう。だが、盗人たけだけしくも口を噤《つぐ》むなら、プラズマ砲はおまえたち全員を灼き尽すぞ。これは、反逆者としてのおまえの器量を見るための趣向だ。当然、とび込んで来るであろうな」

三千人が沈黙した。

頭上を風が渡り、雲が陽光を閉ざした。

ブルースターの呻《うめ》きをラルフとジェニファーが聞いた。

「誰が密告した？」

「プラズマ砲——何てことしやがる」

そして、彼は脇腹を押さえてその場に片膝をついた。押さえたシャツの上に、水に投じた絵具のように赤い染《し》みが広がった。傷は完治していなかったのである。

「ブルースターさん」

ジェニファーが駆け寄り、草の上に横にした。

「すぐ毛布を持って来ます」

「いいんだ。それより、ラルフを連れてここを離れたまえ」

「そんなことできません」

青ざめた男らしい顔をじっと見てから、馬車の方へ眼をやって、

「ラルフ、薬箱をお願い」

「そこにいることがわかっている以上、時間が勿体ない」

カトゥナの声が嘲《あざけ》るように続けた。

「おまえたちにも馴染《なじ》みの、昔ながらのやり方を使う。十数えるうちに名乗り出ろ。数え終えた瞬間、天の光がおまえたちを蒸発させるだろう」

展望台の中で、カトゥナはユヌスとパドスをふり返った。

「いかがですかな？　これでどちらへ転んでもサンホークは、朝日を浴びた貴族――塵《ちり》と変わるしかありません」

パドスが訊いた。

「名乗り出なかったら？」

「虫ケラ三千匹の代償に、この首と心臓をくれてやりましょう」

これはこれで見事と言えないこともない。

「三千の生命と首ひとつか」

ユヌスは腕組みをして、カトゥナを凝視した。冷たい眼であった。

「〈御神祖〉がいらっしゃれば、三千回八つ裂きであろうな」

「これはこれは。グレイランサー卿の副官殿は、虫ケラがお気に入りのようだ。ならば、『やめろ』とひと言ご命じ下さい。私はいつでも手を引きます」

「いいや、続行せい」

変わらず冷たい眼差しへ、カトゥナは憎々しげな笑みを返して、空中に出現したメカへ、

「十《テン》」

と放った。雲も光も人々も凍りついた。

「九《ナイン》」

人間たちは水を打ったように動かない。

そして、

「三《スリー》」

「二《ツー》」

まで数えたとき、ひとつの影が立ち上がった。小さな、丸眼鏡をかけた少年であった。

「僕がサンホークだ」

天地からあらゆる音が絶えた。それなのに、三千人の誰もが重く深い響きを聞いたような気がした。彼らの精神《こころ》の音だったのかも知れない。

「ラルフ」

起き上がろうとするブルースターの肩をジェニファーが押さえた。可憐《かれん》な娘の眼が、若い男をその場に釘づけにした。

雲と光を風が翻弄《ほんろう》する世界に、貴族の哄笑《こうしょう》が鳴り響いた。

「これは驚いた。我ら以外の〈辺境区〉の貴族を震撼《しんかん》させた反逆の徒が、かような子供だったとはな。サンホークとやら、おまえも戦いを知る男なら恥を知れ。貴族の歴史は永劫《えいごう》に忘れぬぞ。サンホークとは、子供を身代りに使う卑怯者だとな。だが、天に感謝するがいい。数はあとひとつ残っておる。最後の『一《ワン》』を言い切る前に名乗り出よ。それですべてを忘れよう」

カトゥナはひと呼吸置いた。

「一《ワン》」

もうひとり立ち上がった。長い髪が風に金色の軌跡を描かせた。

少女の姿はジェニファー。

しかし、いまは――

「私がサンホークです」

と少女は言った。

またも沈黙が広がった。

「今度は小娘か――虫ケラどもの考えはわからん。我々が自分たちの生命などためらいもなく捻《ひね》りつぶすと知らぬはずはない。なのに、なぜ進んで生命を捨てようとする?」

答えなど求めぬ物言いの中で、カトゥナは答えを求めていた。

答える者はない。

「おれがサンホークだ」

新たな声を彼は聞いた。声は次々と立ち上がる人々と同じ数だけ名乗りを上げた。

「三千人のサンホークが出来上がるぞ」

ユヌスが皮肉っぽく言った。

「さて、どうする?」

「前言どおりに」

カトゥナは、動揺を押し殺しながら言った。

「サンホーク、稀代《きだい》の臆病者よ、卑怯者よ。おまえを救わんとする者たちを憐れと思わぬか? おまえの名を騙《かた》る者を憎いと思わぬか? よい。十は数え終えた。約定は守らねばならぬ。プラズマ砲——発射用意!」

地上三万六千キロの静止軌道上で、小さな衛星のひとつが、恐るべき殲滅《せんめつ》兵器を青い星の一地点に向けた。

「ちょっと待て」

これは地上のひと言だ。放ったのは、シザム、ギャラガーとともにやって来た——つい先刻、ビストリアから到着したという若い男であった。

蛇のような視線を与え、

「何者だ?」

とカトゥナが訊いた。

「ケン・鞍馬《くらま》って喧嘩屋さ。なあ大将、いくら何でも三千人まとめて蒸発てのは無茶すぎるぜ」

「下がれ」

「いいや、下がらねえ。一応人間なんでな。止めろとは言わねえ。だが、もう少し考えてからにしても、罰《ばち》は当たらねえだろ」

「下がれ。ユヌス侯、躾《しつけ》が行き届いておらぬようですな」

「やかましい」

小柄な身体が不意にかすんだ。

同時に、左右から迫ったアンドロイド兵の首が、勢いよく宙に舞った。鞍馬の手刀の手練と見た者はいない。

「〝超高速人《ハイスピード・マン》〟か。だが、光よりは早く走れまい」

光が走った。

鞍馬はよろめいて、右方の壁にもたれた。右の腿《もも》から紫煙が上がっている。

「ちィ、今後の課題だぜ」

舌打ちする若者をよそに、カトゥナは咳払《せきばら》いをした。

深い虚しさを胸中に洞《ほら》のごとく感じつつ、

「発射！」

との声も半ば、カトゥナは頸骨《けいこつ》をへし折られた状態で、右手の壁に叩きつけられていた。

横殴りにふった長槍を引き戻した濃紺の姿は、

「御前⁉」

「すべては下で見ておった」

足音も高く窓辺に近づき、

「子供二人が三千人になったか」

下界を見下ろす吸血貴族の顔は笑っていた。

「御前——なぜ、自分を？」

怨みがましい声を隠さず、九十度曲がった首を戻しながら、カトゥナが立ち上がった。

「聞くがよい」

大貴族の声は、勇者たちに降り注いだ。その眼には、二人の小さなサンホークが映っていた。

「私はグレイランサーだ。全兵士に告ぐ。明日以降、調査によって彼らの中にサンホークがいたと知れたら、そこの三千人すべてを八つ裂きにせよ。だがいまは、人間たちを解放せい。好きなところへ行かせるがよい。〝門〟を開け」

　いかなる異議も許さぬ大貴族の大喝であった。

〝門〟が開き切る前に、雪崩《なだ》れ込んでいく人々を見ながら、

「やるねえ、うちの大将」

と鞍馬が破顔した。

その喉へ巨大な手が指をめり込ませた。足が宙に浮いた。

たちまち紫色に化けた顔へ、

「次に大将と呼んだら、私がバラバラにしてくれる。時間をかけて、ゆっくりとな。わかったか？」

「じゅ、十分っス」

グレイランサーは、鞍馬を戸口へと連行し、五メートル手前から扉へと叩きつけた。

寸前、鞍馬はかき消えた。

「すばしこい奴よ。私はしばらくここに留まる。十分働いてもらうぞ」

とグレイランサーは無表情に言った。

「何をしておった？」

前方の闇が訊いた。

「正直に言う。おれたちでは、あの〝銃師〟はともかく、グレイランサーには勝てん」

と答えたのは、〝槍師〟エレクトラであった。左肩には血の滲《にじ》んだ包帯が巻かれていた。右肩には長槍《ながやり》がもたせかけられている。傍らに立ち尽す〝銃師〟ハンセンの顔の傷は、かすかな紫斑だけを残して消えている。壁に点る蠟燭《ろうそく》の炎だけが生の証と思えるような、石で囲まれた暗黒の中であった。

廃墟か、それに類する巨大施設の跡だろう。

二十メートルはありそうな天井と壁には大穴が開き、鉄骨や通路がのぞいていた。

「これまで無双と誇っていた長槍が、彼奴《きやっ》の攻撃を防ぐだけで精一杯――あと二合やり合っていれば、ここにいることはできなかったろう。貴族の外傷はすぐに跡形もなくなる。付けた相手が貴族であるか人間であるかを問わずにだ」

エレクトラは右手を包帯に叩きつけた。ぼっ、と染《し》みが広がった。

「見るがいい。彼奴に刺された傷は、まだ治らぬ。それどころか、痛みも出血も増すばかりだ」

「おまえたちは私を失望させた」

と闇の声は言った。どんな光もそこへは届きそうもない深い闇であった。

「〈中間地帯〉には外の〈辺境区〉とは異なる異形の殺戮者が集まると誰もが知っておる。その中でもとび切りの腕利きをと言われて、おまえたちを推した。それがこの様だ」

声に侮蔑の調子はない。もう用はないという無言の宣告だ。二人の眼に怒りの血光が滲みはじめた。

エレクトラが唸るように、

「おまえの言い分はすべて認めよう。だから、おれたちは戻って来た。タキノは傷が癒《い》えたら連れて来よう。おれたちを変えて欲しい」

内臓が悲鳴を上げたような声に、闇の奥の発言者は沈黙した。やがて――

「金が要るぞ。それから、精神《こころ》が」

「わかっている。おれもハンセンも承知の上だ。別の生きものになるのを厭《いと》いはせぬ。おれたちにとって敗北とは、それほどのものだ」

彼は包帯を押さえていた右手をコートのポケットに入れて中身を取り出し、奥へと放った。

石の床に落ちたのは小さな革袋であり、ほどけた口から散らばったかがやきは、虹色ののべ棒であった。それは闇の中で自ら光を放った。

「三十年の稼ぎで買った絶対黄金だ。同じ量のダラス金貨の一万倍の価値がある」

少し間を置いて、

「これだけのものを放棄しても怨《うら》みを晴らしたいか。業《ごう》の深さとは、人間も貴族も変わらぬな。来い。何処までも歩いていけば、ドクターの許へ出る」

エレクトラは大きくうなずいて歩き出した。ハンセンも続いた。

「〈中間地帯〉よ、呪われろ。新たなこいつらを産み落とすことでな。願わくば、〈外〉へ出る前に生を終えるがいい。〈中間地帯〉の生きとし生けるものすべてを殺戮したあとに、な」

長靴が黄金を踏みつけた。

そこにしか生きる証を求められぬ影たちを、闇が愛しげに包み込んだ。

3

翌日の陽が落ちてすぐ、数個に分散した〝難民〟グループのひとつ——〈中間地帯〉の中央に向かっている一団は、夜営を開始してすぐ、単座戦車とサイボーグ馬を駆ってやって来た四人組の訪問に、眼を剝いた。

戦車から下りた巨人は左半顔を白銀の仮面《マスク》で覆い、濃紺のケープを翻した。他の三人はひと目でその護衛役と知れたが、巨人は自ら進み出て、驚きよりも戦慄で蒼茫《そうぼう》たる大気に膠着《こうちゃく》した人々へ、ある家族の行方を尋ねた。

老人は近くの森から戻るところだった。

あと三日——集団《グループ》が目的地へ辿り着くまでの食料は確保できた。

掃除用のモップの柄に、何処の家にもある旋盤で形を整え、研ぎ澄ませた鉄の穂をはさみ、針金で固定した即製この上ない槍も、彼の手にかかると、百突《つき》百中の魔槍と化した。

最後のヒトクイ鹿を斃《たお》し、とりあえずの保管場所へ運んで獲物の一頭に加えてから、彼は腰に手を当てて大きく伸びをした。

短く息を吐いて前を向くと、濃紺のケープと黄金の刺繍を施した上衣の主が、小山のようにそびえていた。

「これは御前⁉」

老人は立ちすくんだ。

「おかしな真似をお許し下さい。東から来た田舎者でございます」

グレイランサーは視線を別のものに移し、

「ヒトクイ鹿が二頭と夜泣き鳥が三羽——三十分の猟では不可能な数だ。とくにその年齢《とし》では、な」

「運がよかっただけで」

ベルトに巻いたタオルで汗を拭う老人へ、

「急に汗が出たか。いつ私に気がついた？」

「——とんでもございません。いまのいままで」

濃紺の山の中に二つの光点が炎のように燃えていた。それは最初に老人を映してから、一度のまばたきもしてはいなかった。

「ここにおまえがいることは、あの姉と弟から聞いた。部下三名が共におる」

「誰かの間違いではございませんか？　わしが猟をはじめたのは、三時間も前でございます。そう言えば、ずっと若いのがあの森の中におりましたが」

腰を叩きながら、笑顔になって、

「その子供たちは感謝しとるでしょう。日が暮れると〈中間地帯〉は妖物魔物の巣でございますからな」

「私と闘っても勝てぬから惚《とぼ》けているのではあるまい。あの姉弟に累《るい》が及ぶのを怖れてのことか？」

グレイランサーの口調に嘲《あざけ》りが加わった。

「先程より何のことかさっぱり——手前に家族はございません。十年も前からひとりでございます。疫病を逃れてここまで逃げのびましたが、この先どうなることやら」

「何処へ行く？」

「いえ、当てなどございません。もう行ってよろしゅうございますか？」

「慌ててもおらぬくせに慌てるな。訊きたいことがあって来た」

「何でございましょう？」

どう見ても臆病な農村の老人だ。緊張と恐怖のせいで息も上がっている。

「人間の血管に、我々だけに選択的に働く毒素を混入した者がいる。毒の問題はじきに解決するとして、陰謀を企んだ者は残る。その名を知らぬか？」

「どうして、わしめが？」

「今日、光の下で二千九百九十七人の人間たちが、他人の名を騙《かた》って立ち上がった。立たなかった者はひとりだけだ。いや、正しくは立とうとしたが、まわりの連中に邪魔されて立てなかったのであろう。私はずっとその男を見ていた。骨格や顔のつくりをどう変えてもごまかされぬ」

「弱りました、困りました」

　老人は、獲物の山に立てかけた槍を手に取った。

「御前さま、年寄りをおからかいになるのは、もうご勘弁を。そろそろこの獲物を仲間の許に運んでいかねばなりません」

　と、獲物の山に肩をすくめて、

「わしには家族がおりませんで、仲間なら少々ございます。この年齢になると、どいつもこいつも掛け替えのない連中で。昔は喧嘩も、女の奪い合いも、悪いこともやらかしましたが、それも仲を深めるのに役に立ちました。もう死ぬも生きるも一緒でございます。御前にもそういう方々が？」

「おらん」

自然な返事であった。老人は絶句した。咳払いして言った。

「左様でございますか。つまらない質問をしてしまいました。ですが、もしもそういう仲間たちがおられましたら、御前は裏切られますか？」

「もしも、は無駄だ。だが、敵味方を問わず、裏切り者と呼ばれたことはない」

「裏切られたことはございませぬか？」

グレイランサーの唇が、わずかに歪んだ。笑ったのかも知れない。

「腐るほど、な」

「わしもでございます。そして、わしは裏切り返して参りました。でなければ、世の中を渡っては参れません。ですが、奇態《きたい》なことに、わしは、森の中で先刻申し上げた若者に同じ質問をしたのでございますよ」

「……………」

「なぜそんなことを訊いたのか、なぜ彼が答えたのかはわかりません。ですが、彼はこう申しました。自分は裏切られても裏切ったことはない、と」

老人は、グレイランサーに弓矢を向けた。何の害意も予備動作もない動きだったためか、大貴族は身じろぎもしなかった。風を切って飛んだ矢が、首すじすれすれのところを通過しても。

三メートルと離れていないところで、低い呻《うめ》きが上がった。地面に崩れ落ちる音が続く。

「ツキナシヨノクラゲか」

月のない闇夜に空中を漂い、地上の餌《えさ》を食らう肉食生物のことである。半透明の形状が海月《くらげ》に似ているのでその名がある。

老人は弓を下ろして頭を下げた。

「ご存知でしたか。無粋な真似をいたしました」

「どのような信念、心情の持主であろうと、反逆者は討つ。それが私だ。だが――借りができた」

不意にグレイランサーは背を向けた。

「邪魔をした」

歩み去る影へ、老人の声が追って来た。

「昔むかし、わしは臆病者でございました。自分は勇者だと思い上がって、仲間と語らい、ある貴族の御方を家の納屋で襲いましたが、結局は這々《ほうほう》の体《てい》で逃げ出す羽目になりました。その貴族の槍からわしを救ってくれたのは、わしの母親でございました。逃げろと言われて、わしは逃げました。怖くて恐ろしくて、餓鬼のように泣きじゃくっておりました。気がつくと、洩らしてさえいたのでございます。わしはそれきり、波風の立たぬ平凡な日々を選んで、何とか今日まで生き延びて参りました。このまま人の眼につくこともなく朽《く》ち果てるのが、運命でございましょうが、森の中の若者は別の生き方を選んでくれるような気もいたします。それが御前と相容《あいい》れぬ生き方だとすれば、地の底まで追い詰め、完膚《かんぷ》なきまでに討ち滅ぼして下さいませ。彼もそれを望んでおりましょう」

その声が届いたかどうか。

月のない夜の闇は、去りゆく巨人を呑み込んで、いかなる音もたてなかった。

ブルースターが戻って来たとき、ジェニファーとラルフの周囲には人がいなかった。

「凄い貴族に兄ちゃんのいるとこ訊かれてさ。黙ってたら、知り合いって言うから教えちゃった。あんなの知ってるの？」

「まあな」

二人は、しかし、怯《おび》えていなかった。

三人のうちひとりが、一昨日の昼、アンドロイドを斃した若者だったのだ。

「この人は大丈夫だって言ったのに、みんな逃げちゃってさ。でも、アンドロイドをやっつけたの凄かったねって言ったら、少し困ってたみたいだよ」

一応、貴族のために働いているもの同士だ。それは困るだろうと、ブルースターも苦笑した。

彼にパンチとキックの出し方を習っている間、他の二人は黙って見ていたが、じき連絡でも入ったのか、風のように立ち去った。

「ご無事だったのですね」

ビニールと支柱でこしらえた生活スペースの中に入ると、ジェニファーがそっと彼の肩に頭を乗せて来た。

「ある爺さんに助けてもらった」

「え?」

「だが、この先何が起きるかわからん。悪いが、おれはここを出る」

「――そんな」

「君らにとってもその方がいいんだ。じき、キャンプのみんながやって来るぞ」

「どうして?」

「理由は何でも、貴族が訪ねて来るような人間を仲間とは思えまい。いくら説明しても、恐怖と自己保身には勝てない。君らまで疑いを持たれる」

「でも、そんな急に」

「幸い、おれは救われた身だ。大した荷物もない」

と身のまわりの品を革袋に収めて、

「悪いが、君たちのところで貰ったものだけ持っていく。キャンプの連中も鬼じゃない。おれのことは正直に話せばわかってくれる」

「どうしても行くんですか?」

「仕方がないんだ」

「なら、あたしたちも連れていって下さい。他の誰より、あなたといた方が安心できるわ」

「おれが反逆者なのはわかっているな?」

少女は静かにうなずいた。すべてを思い切ったのだと、凛《りん》とした表情が告げていた。

「なら、みなと行け。おれにはしなきゃならないことがある。生きてる間にやり遂《と》げられるかどうかはわからないが、途中でやめるわけにはいかん。それはとても危険な仕事で、他のことに気を取られるわけにはいかないんだ。また会えるかどうかもわからんが——できれば会いたい」

ブルースターの手が、そっと持ち上がって、桜色の頰に触れた。

少女の眼から光るものが落ちて、地面に小さな染みをつくった。

「母さんが死んだときも、あたしは泣かなかった」

とジェニファーは言った。

「子供を残して死ぬなんて、何てひどい親だろう、二度と泣くものかと思ったの。でも——」

染みは幾つもできた。

「ほんの数日しかいなかった人なのに、どうして涙が出るのかしら。よくわからないわ」

白く細い手が男の手をそっと押しやり、反対側の手の甲が涙を拭った。

「あたし、もう泣かない。絶対に」

少女は彼の背中を外へと押した。

「早く行って――あたしたち大丈夫よ」

そして、ブルースターが出て行くと、支柱にもたれて泣きはじめた。声はたてなかった。

第七章　姉と弟の勇気

1

インターフォンが鳴った。いつもの鳴り方だが、気になった。

ポネカ・グチョーラは、

「防御コード1だ」

と空中に告げてから、ボタンを押した。

「どうした?」

返事はない。バックも無音だ。

「何事だ?」

つぶやいたとき、随分前に聞いた同じ状況を記憶が拾い上げた。

「まさか——」

ドアが周囲の壁ごと内側へ倒れ込んだのは、次の瞬間だった。

もうもうたる粉塵《ふんじん》を押しのけて、長槍を手にした巨軀《きょく》が入って来た。

室内に張り巡らせたバリヤーなど空気と化したように迫って来る姿は、

「グ、グレイランサー卿」

「久しぶりだな、ポネカ。〈汚辱市〉——繁盛はしているが、部下たちの躾《しつけ》はなっておらんようだ」

「奴らが……虫ケラどもが……あなたさまに……何か？」

ポネカ・グチョーラは体重五百キロを超えた、人間とある両生類の息子であった。百と四歳の肉体はコンピューター制御の重力椅子《G・チェア》に嵌《は》め込まれ、あとは水中でしか棲息できずにいた。脂肪と肉の重量に、心臓を含む全内臓が耐え切れないのである。

同業者の暗殺を怖れるあまり、小さな町が買えるほどの金額を出して、〈都〉から専門家を呼び、この部屋をこしらえた。

地上六十階の鉄とコンクリートで固めた部屋。三重の重力バリヤーと兵器は上級貴族のガードに匹敵するパワーを誇っていた。この眼で確かめたのだから間違いはない。だが、それが空気のように——

「そうか……あなたも……重力バリヤーを……」

少なくとも、未練を残して死なずに済みそうであった。

「訊きたいことがあって来た」

と侵入者は言った。

「……何なり……と」

「〝槍師〟エレクトラと〝銃師〟ハンセン――何処にいる？」

「……………」

「食料、酒、麻薬、賭博、武器製造、偽金貨の鋳造――この汚れた町で汚れた仕事のすべてに手を染めている汚れの代表よ、黙秘は通用せんぞ」

「……わ……わかって……おります……その二人は……今……コクラン……〝治療院〟……に……」

「何処だ？」

グレイランサーは疑いもしない。強面《こわもて》の連中ほど、真の恐怖を心得ていると知り尽しているのだ。

だが、彼は知らなかった。

ポネカ・グチョーラが、昨日殺害され、生存の記憶を植えつけられているだけの〝生ける死体〟にすぎぬことを。昨日一日で、この部屋が模様替えを完了していたことを。

ポネカ自身は、検索のスイッチを入れたつもりであった。だから、表情にも動きにも何の異常もなかった。

何もかも爆発した。

グレイランサーもポネカも四散し、グレイランサーのみが炎の中で再生した。敵は再生までの時間も計算していたに違いない。六十階から地下十階までの床はすべてぶち抜かれ、彼は打つ手のすべてを封じられた状態で水の中へ落ちた。

〈中間地帯〉を東西に貫く、黒い流れ水の中に。

貴族——吸血鬼の滅びを導く黒い水。大宇宙の真空でも活動する貴族の心臓は、水中では半時間で停止し、一時間を過ぎれば二度と復活しない。それはあくまでも物理的要因ではなく、〝伝説〟とされる。そういうものなのだ。

グレイランサーといえども例外ではなかった。

全身が洩れなく水に浸った刹那《せつな》、身体は鉛のように重さを増し、心臓も肺も停止状態に陥ってしまう。決して珍しい状況ではない。違うのは、このあと、眼醒めるか眼醒めぬか、だ。

——私は必ず甦る。かような愚劣な罠《わな》を仕掛けた虫ケラどもを、同じ目に遇わせてくれる
呪詛《じゅそ》に脳を灼《や》きつつ、グレイランサーの意識は黒い水の唸りの中に消滅した。

白い花かと思った。

花はかがやいた。笑ったのである。

「よかった。もう大丈夫だわ」

安堵《あんど》の呼吸《いき》を吐く娘の顔に見覚えがあることに、大貴族はようやく気がついた。

「ご縁がありますね」

娘――ジェニファーも同じらしい。

「水を汲みに出たら、あなたが流れて来たんです。あたし、こう見えても水泳が得意なんです」

「ふむ、ここは何処だ？」

起き上がろうと思ったが、身体は石のように動かなかった。

「無理しないで下さい。ここは、あなたとご家来たちが来たキャンプから、東へ十五キロの地点です。土の上でごめんなさい。あなた重くて持ち上げられなかったんです」

グレイランサーが横たわっているのは草の褥《しとね》であった。近くで水の音もする。

わずかに唇を歪めたところへ、

「何をしたらいいですか？」

と訊かれた。

「何も。じきに起きられる。礼を言う。行くがいい」

「――でも」

「実質的な礼は明日、部下を寄越す。行きたいところへ、二分で送り届けてやろう」

「そんなの、いらねえや！」

叫びは、グレイランサーの足の方から上がった。

「ラルフ！」

ジェニファーがにらみつけても、少年の激怒は収まらなかった。

「姉ちゃんも姉ちゃんだ。何でこんな奴助けたりするんだよ。父ちゃんを殺したのは、こいつの兵隊じゃないか。そのせいで、もう旅するのは嫌だって、母ちゃんも首吊っちまった。みんな、こいつのせいだろう。こんな奴、もう一回、水ん中放り込んじまえばいいんだ」

「それもよかろう」

グレイランサーが言った。姉弟は意外な表情をこしらえた。

「今日は星がよく見える。子供でも過《あやま》たずに心の臓を貫けよう。だが、答えはどうした？　私を助けた理由《わけ》は？」

おれも知りたいと見上げる弟を眼でたしなめて、

「困っている人は助けろと教えられたからです。学校でも、父さんからも母さんからもそう教えられました」

「私は人ではないぞ」

「水の中で困っていました」

グレイランサーの口もとに笑いがかすめた。彼を知る者が見たら度肝《どぎも》を抜かしかねぬ、童子のような笑みであった。

「そのとおりだ。娘、おまえは犬猫、妖物でも怪我をしていたら助けるのか?」

「はい」

「ふむ。その妖物がおまえの父を殺した相手でもか?」

「――それは、わかりません」

「姉ちゃんなら、助けらい。おまえだって助けたんだぞ。苦しんでるものを見たら、人だって貴族だって放っておけないんだ」

「私は敵が溺《おぼ》れていたら見捨てる」

「嘘です」

きっぱりと頭を横にふる娘を、グレイランサーは眉を寄せて見つめた。

「あたしたちみんなが焼かれようとしたとき、あなたが救って下さったと、ご家来のひとりから聞きました。そんな御方が、敵だからって怪我人や溺れてる人を放っておくはずがありません。あなたが手を差しのべれば、あたしが助けるなんかより、みんなずっと元気になるわ」

本当に見捨てるのだがな、と思いつつ、グレイランサーは近づいて来る多数の足音を聞いた。

それはすぐ、松明《たいまつ》をかざした難民たちの姿を取った。

ジェニファーが小走りに走って、彼らの前に立った。

「貴族がいるそうだな?」

「チャンが見たんだ。いるんだろ?」

「いるけど、どうしたの?」

娘の声は小さい。男たちに合わせたのだ。

「そりゃあ、もう、丁重にお助けして〝門〟までお送りするに決まってるじゃねえか」

ひとりが猫撫で声を出した。少女の潔癖さは、それに含まれた卑《いや》しさを見抜いた。

「あの人はまだ動けないのよ。無理させちゃ駄目。明日になれば、飛行体を呼んですぐに帰るわ」

「そうなる前に恩を売っとくんだよ」

ひとりが同意したとでもいう風な口調で話しかけた。

「どんな貴族か知らねえが、川で溺れるような貴族だ。大した野郎じゃねんだろ。けどよ、痩せても枯れても貴族は貴族だ。あいつら、おれたちを虫ケラ扱いするくせに、受けた恩は返すだの、おれたちみてえなところがある。そこを突っつくのよ。ひいひい言ってるのをむりやり引っ張って、このとおりお助けいたしましたと渡しゃ、おれたちの行いはすぐ領主に伝わる。虫ケラにしては立派なことをする。よし、〈中間地帯〉の一番よい土地をくれてやれ、てなもんさ。そこまでいかなくても、何らかの恩賞は出る。何の当てもなく、手ぶらで土地を捜すより、千倍もましなはずだ。うまくいって飛行具、飛行体のひとつでも貰えりゃ、もう川だ沼だ湖だと遠廻りする必要もねえ。血だって抜かれねえで済むかも知れねえんだ」

「ちょっと——もっとマシな話聞かせてよ」

後ろで大貴族が聞いている。ジェニファーは気が気ではなかった。何より、みっともないと腹が立った。いま虫ケラと罵《ののし》られても、反論する気になれないと思った。

そのとき、

「いいからよ。おい、まさか、宝を独《ひと》り占《じ》めしようって腹じゃねえだろうな」

誰かが声を潜めた。

空気が変わった。

暴力と殺人はこんなところで起きる。

「何てことを。あたしは怪我してる人を休ませろと言ってるだけよ。そんな汚らわしいこと考えたこともないわ」

「なら、どきな」

ジェニファーを押しのけ、男が前へ出た。

その足下で、千の火花が飛んだ。

「ちい！」

と飛びのいて、男はつがえた矢をこちらへ向けた少年を見た。

「貴族だからって、倒れてる人を連れてなんかいかせないぞ」

「よせよ、餓鬼が二人でカッコつけやがって。おい、ここでおれたちが背を向けたら、もう一度とおまえたちとまともにしゃべってやらねえぞ。こんな危ねえ土地で、キャンプから放り出されたら、どうやって生きてくつもりだい？」

男は奥の手を出したつもりだった。〈辺境〉では生きる最小の単位は共同体になる。そこを追放されたら、待つのは無宿者か、野垂れ死にの運命だ。どんなに頑固な反体制派でも泣きを入れて来ると、男は経験上わかっていた。

まして相手は、十六の小娘と弟だ。

その小娘が言った。

「はい、喜んで出ていきます。長いことお世話になりました」

全員驚愕に眼を剝いたのは勿論だ。

ジェニファーは弓を構えたままのラルフへ、

「二人で馬車へ乗せよう。何とか起こして」

「でも、おれたちじゃあ、無理だよ」

「ほおらな」

男がにんまり笑った。

「どきなどきな。あとはおれたちにまかせときなって。おめえらにも悪いようにはしねえよ」

「うるさい、下がれ！」

ラルフが叫んだ。

「わからねえ餓鬼どもだな」

男の声が低くなった。

「よおし、おとなしくさせちまおう」

と誰かが言った。

その声に、

「あーあ」

と地底の魔神が上げたような欠伸《あくび》の音が続いた。

そして、闇の奥の奥で、いま、さらに濃い闇色の巨影が、ぬうと起き上がったではないか。

2

この刹那、男たちは犯したミスの大きさに気づいた。それは死に直結する過ちであった。

もはや声を出す者もなかった。彼らは自分の心臓の音だけを聞いた。

「飛行体をひとつくれてやろう。ただし、その二人にな」

声は姉と弟の頭上から降って来た。

その少し上に、二つの火が赤々と燃えていた。眼だ。

人々は知った。

自分たちは一生、あの眼に睥睨《へいげい》されて暮らすのだ。人間はこの世が果てるまで、貴族には勝てないのだ。

声は言った。

「おまえたちの気遣いにも報わねばなるまい。何が欲しいか申せ。だが、配下の者に伝える必要はない。私はグレイランサーだ」

男たちが次々に倒れた。腰を抜かしてしまったのだ。

「リーダーは誰だ？　いま行こう」

地面にへたり込んだ部分から、震動が伝わって来た。

巨影の一歩であった。

それは稲妻となって彼らの全身を直撃し、逃亡への活力を与えた。

悲鳴ひとつ上げず、男たちは星々の下を逃亡した。

その足音が消えてから、

「世話になった」

とグレイランサーは言った。

「そんな――何もしてないわ」

「私を守ろうとした。このところ、人間には借りばかりだな」

冷厳な視線が向きを変え、不貞腐《ふてくさ》れている少年を捉えた。

「いい弓の構えだ。私の下で兵士になるか？」

「ちょっと——」

「冗談じゃねえよ」

思わず抱き合う二人へ、

「達者でな。おまえたちは勇気がある。私はそれに救われた。いつか、おまえたちもそれに救われるかも知れん」

ともに川から上がった長槍を手に、グレイランサーは歩き出した。

「——川の水と同じ方角だわ。何を捜しているのかしら？」

「誰かかもよ」

とラルフが虚ろな声で言った。

「そうね。貴族ならそうかも知れない」

ジェニファーは遠い眼をした。

「そして、あたしたちもね。ここを出るわよ、ラルフ」

三十分後、ジェニファーとラルフの許へ、グレイランサーの連絡を受けたオートダインが飛翔して来たが、二人の姿はすでに見えなかった。

「御前より神出鬼没だぞ、あの姉弟」

苦笑を浮かべたパイロットはケン・鞍馬であった。

二人の行方を尋ねられた男が、

「あいつらいちいち逆らいやがってよ。いなくなって、せいせいしたぜ」

と吐き捨てた途端、その顎《あご》を砕いた右のフックが久しぶりの会心のパンチだったことに、彼はひどく満足した。


一時間後、グレイランサーは〈汚辱市〉のスラム街にいた。

大通りから、街灯が軒並み破壊された路地裏へ入って五十メートルばかり進む間に、六度襲われ、人間と妖物計二十八体を殺戮《さつりく》してのけた。

傾いた板切れに「コクラン治療院」と殴り書きされた看板を前にしたとき、彼はよろめいた。心臓を貫きっ放しの矢は、なおも効果を発揮していたのである。

四方を見廻すと、ゴミ袋の陰やビルとビルの間隙に、こちらを窺《うかが》う複数の影が見えた。

ゴミ袋の影は、長槍の穂先から放たれた粒子ビームで消滅させたが、ビルの影は逃した。弱り切ったところを見られたことになる。暗いものが胸中をかすめた。

治療院の入ったビルは、窓にも鉄柵とカーテンを張り巡らし、一条の光も洩れてはいない。

長槍の先で木のドアを突いた。鈍い手応えが返って来た。重力バリヤーが張られている。

長槍に仕込んだ重力場発生装置で中和し、二撃目で、グレイランサーは敵のアジトに入った。

待合室であった。四人ばかりがソファに掛けていた。

「院長はいるか？」

と訊いてみた。返事は期待していなかったが、患者のひとりが、

「奥の部屋にいるよ」

と教えた。

「礼を言う」

グレイランサーは突き当たりのドアを開いた。広い空間が広がっていた。

それでも天井の左半分が破壊され、星がはっきり見えた。

部屋の奥に闇のわだかまる空間があった。そこから声が漂って来た。

「他の〈辺境区〉は知らず、〈北〉のご領主は無体《むたい》なことをせぬと聞きましたが」

「私を知っているか」

「この世でグレイランサー卿《きょう》を知らぬ者など、とてもとても」

「なら、用向きもわかっているな——何処にいる？」

「ほお、自身の怨《うら》みごとは後廻しか。さすがだ」

声は揶揄《やゆ》するように言った。

「あの二人はいま、強化手術を受けております。グレイランサーと名乗る男を斃《たお》すために」

「何処におる？」

「言えませせぬな」

「おまえも反逆者の一派か？　それともＯＳＢの仲間か？」

「どちらもはじめて耳にする名前ですな」

声は高らかに笑った。

「ここは、外の世界の何もかもが無縁の世界でございます。生命のみを救い、新たな強さを与える場所といえばよろしいか」

「捜すぞ」

「これは噂どおりの御方らしい。明日の患者も決まっております。お手向かいいたしますぞ」

声の中心が青くかがやいた。長槍から放たれた粒子ビームの仕業であった。

グレイランサーの周囲に闇が生じた。長槍のひと薙《な》ぎでそれらは消滅したが、

「卿のお身体を調べさせていただいた。正直驚きましたな。心の臓に刺さった矢——本当でしたか。こちらからも伺いたい。なぜ、塵《ちり》にならぬのです？」

「知らぬ」

「運命《さだめ》でしょうか？」

「知らぬ」

長槍が上向いた。

天井にさらに巨大な穴が開いた。

「さっきも言ったが、今宵《こよい》は星がよく見える」

右側の壁が消えた。

十万都市のネオンと喧騒《けんそう》がとび込んで来た。

「見るに耐えぬ光と聴くに耐えぬ音――〈汚辱市〉の名にふさわしい街だ。この建物もそうなるか」

「どう仰られても、医者が患者を渡すわけにはまいりませぬな。そのための手も考えてございます。もっとも、これは患者自身が申し出た手段でございますが」

「ほお、それは？」

「このような」

声が伝えてから数秒の間であった。その間、グレイランサーがただ待っていたわけではない。彼は全神経を研ぎ澄ませ、敵の到来を待った。眼も閉じた。それは視覚より遥かに遠距離で接近を探知し、長槍での迎撃を可能にするはずであった。

だが、敵は彼の超感覚すら超えて飛来したのである。

一本の鉄矢が彼の首を右から左へ、きれいに貫いたのである。

驚きの気配は、しかし、闇の奥からした。

「外したか」

妖弓から放たれた矢は、ふたたびグレイランサーの心臓を貫くはずだったのである。

首では致命傷とはいえぬ。だが、グレイランサーの足は大きく乱れ、彼は片膝をついて身を支えた。

「やはり、尋常の身体とは言い難い」

声は興味深そうに言った。

「いかがです？　十日ほど、ここで治療に割《さ》きませんか？　何とかして差し上げるが」

「……………」

「この矢傷は、徐々にあなたの身体と生命を蝕《むしば》んでいく。貴族であろうと生命を持つ以上、死は常に取り憑《つ》く隙を狙っております。あなたが長らえるためには、その矢を抜くしかありませんん。しかし、その招く結果は滅びか、或いは――」

グレイランサーは荒い息を吐いていた。

それが止まった。

「或いは」

と唇が動いた。問いではない。彼は鉄矢を摑んだ。

一気に引き抜くや、それを声めがけて投げた。

いかなる気配も生じなかった。

闇の奥から黒い影たちのみが湧いて出た。

「我が治療院の医師と介護師たちでございます。新たな患者さまを病室へお連れ申します」

長槍が唸ったが、それは何の抵抗もなく影たちを通り抜けた。

影たちがとびかかって来た。

次々にグレイランサーに張りつき、体内に吸い込まれていく。

「医療は内側から」

巨軀が激しく震えた。グレイランサーの全身が紅い霧に包まれた。毛穴という毛穴から噴き出す血であった。髪の毛が逆立ち、彼は拳《こぶし》を口に当てて苦鳴をこらえた。

牙《きば》が拳を嚙み砕いた。ばらばらと指がとび散った。

「これは――」

闇の声には掛け値なしの驚愕が詰まっていた。

「いかに貴族とはいえ、この治療院の施術を受けて声ひとつ立てぬとは――出しなさい。そのままだと発狂しますぞ」

ぐおお
グレイランサーが咆《ほ》えた。正しく狂気の咆哮《ほうこう》であった。叫びが終わらぬうちに長槍が回転した。

壁が崩れ、天井が消えた。地上の歩行者や妖物が、数十人単位でコンクリート塊につぶされ圧死した。

「おお、もうひとすじ」

声が愉しげに笑った。

「なぜ外したかわからぬが、いよいよ止《とど》めだ。グレイランサー卿よ、その狂態はあなたがこの世に残す最後の姿だ」

その笑い声が鋭い吐気に変わったのは、次の瞬間だった。

これも正しくひとすじの矢がグレイランサーの右のこめかみをすれすれにかすめつつ、闇の奥に吸い込まれたのである。苦鳴が流れて来た。

「これは……違う妖弓師か……私と会った男に……そんな奴は……いなかった……何処で……顔を……見た？」

声が途切れ、少し遅れて、グレイランサーの身体が弛緩《しかん》した。声の主が死亡か失神したと同時に、奇怪な治療は終わったのである。

グレイランサーは後方をふり返った。

戸口はまだ無事だ。

彼方にいる敵を、別の妖弓師が斃したことはわかっていた。

「誰だ？」

凄まじい痛みが心臓を直撃し、彼は意識を失った。

3

気がつくと、府庁舎にいた。

二日間、昏睡状態にあったと、ユヌス副官が告げた。

あの日の夜明け前、悄然《しょうぜん》と〝門〟の方へと歩いている姿を、府庁のパトロール部隊が発見、収容した。「コクラン治療院」から五十キロほどの地点であった。放心状態で歩ける距離ではない。誰かがパトロール隊の活動地帯《エリア》へ運んだのだ。謎の妖弓師ではあるまい。

そのとき府庁のレーダーが、ほんの一瞬であるが飛行物らしいものを捉えたが、飛来方向も飛行方向も探り出せぬうちに、消滅したという。

「以前、私がOSBの次元バリヤーに包まれ、シザムも間一髪というときに、やはり天より救ってくれたものがいた。また来たか」

「守護天使をお持ちで」

悪戯《いたずら》っぽく笑いかける副官に、グレイランサーは、

「〈中間地帯〉での仕事は中止せねばならぬな」

「明日は〈大夜会〉の晩でございます。何を差し置いても出席なさりませんと。お気持ちもお切り替え下さいませ」

「わかっておる」

主人の次の沈黙が、ユヌスには気になった。

「しかし、此度《こたび》の夜会――暗雲と殺気に包まれてワルツを踊るかのような」

グレイランサーは虚空《こくう》に眼を据えてつぶやいた。

脳裡《のうり》に白い顔が浮かんで消えた。

タエか、と思ったが、グレイランサーにもよくわからなかった。


夜は貴族にとって人間の昼に該当する。それでも、その時間に開かれる舞踏会を〝夜会〟と呼ぶのは、人間たちの習慣に引きずられているというより、その呼び方が気に入っているからだといわれる。

月光がカーテンをゆらし、風が死者の声を伝える中で、ワイン・グラスと円舞曲《ワルツ》とステップが息を吹き返すには、やはり〝夜〟の名前が必要だ。

歓談もよい、夜会服への賞賛もよい、美貌を愉しむのもよい。だが、やはり円舞曲《ワルツ》だ。

踊れ踊れ。時が果つるまで、時を騙《だま》しながら。

「夜会庁」の大広間に、貴族たちは予定どおり集《つど》っていた。

銀のワイン・クーラーに収められた濃緑の瓶は炭酸の泡を噴き、大理石の銀皿に盛られた料理は、手をつける者もないまま虚しくテーブルを飾っていた。貴族の夜会独特の現象である。

広間の端で交響楽団《オーケストラ》は、きらびやかな楽器が空気に馴染《なじ》むよう話しかけ、指揮者はその銀髪を掻《か》き上げながら数百のシャンデリアと天井画を意味もなく見つめていた。

長い窓の彼方には、したたかな夜が歴史を暗唱しつつ月と星でその身を飾り、すでに仕事を終えた吟遊詩人《トルバドール》に、新しいイメージを提供するのだった。

「何ともすごいメンバーが集まったこと」

グレイランサーの傍らで、絢爛《けんらん》たる舞扇《まいおうぎ》を口もとに当てて、バーソロミュー大公夫人ドルシネアが、恋人に対するようにささやいた。扇は、太古に東の果てにあったといわれる島国で工夫された品である。

「〈東〉〈西〉〈南〉〈北〉——全〈辺境区〉の領主と〈枢密院〉のお歴々。議長アウレリウスまでは当然だけど、まさか元老ジャルゲンまでお出でとはね。どちらも〈辺境〉の管理権限の〈都〉集中化には大反対——あなたの強い味方でしょうね」

そして、嫌々傍らについている大貴族の腕を肘でつついて、

「気をつけなさいよ。〈西〉以外の二人は、あなたを怨んでるわよ」

「心得ております」

グレイランサーは応じた。

「で、ダイラームの野郎は？」

「お言葉に気をつけて——バーのそばにおりますな」

「あら、ホント。主人もまだ療養中だし、久方ぶりに羽目を外そうかしら。あなた護衛役よろしくね」

「それは承っておりませぬが」

「固いことは言いっこなしよ」

　と、またつつき、

「あなたなしで、グリークが愛するあたくしを〈大夜会〉といえど外出させると思って？　あそこでビーズィー伯爵夫人を口説いているのが、〈都〉一の色男ローランド公爵よ。見てくれは最高だけど、あたくしは真っ平。いいこと教えて上げるわ。彼、禿なのよ」

「禿」

「いくらハンサムでお金持ちで口説き文句が上手くても、禿じゃねえ」

「………」

「でも、声をかけた女は一発で身体まで許してしまう。タンゴを踊らせると女の腰が溶けてしまうそうよ」

「それはそれは」

　適当に受け答えをしながらも、いい加減うんざりしている。

　それに気づいているのかいないのか、ドルシネア夫人は別の方角を指さし、

「あそこで、美味くないという顔をしてワイン飲《や》ってるのが、元老モリアティー。頭は切れる

んだけど性格が悪くてねえ」

「――しかし、いま、娘が通りかかったら、おどけて小父《おじ》さんを演じておりましたぞ」

「だから、悪いって言うのよ」

「至言ですな」

グレイランサーはワイン・グラスを取り上げた。

「ところで、毒血の件はどうなっているの？」

グラスを口もとから遠ざけて、

「毒素の分解酵素はすでに〈都〉の貴族病院が開発しました。あと二日もすれば〈辺境区〉全域に配給されるでしょう」

「あーら、よかったこと。それでハッピーな幕引き？」

「それを企んだ張本人が判明しておりません」

「ＯＳＢじゃなくって？」

「なら問題はありません。ですが、前回の〈枢密院〉乗っ取り計画には、元老たちの一部がＯＳＢと手を結んでおりました。今回はなしとは言えません」

「変節漢って嫌いよ」

ドルシネア夫人がこう言ったとき、長身の影が傍らに立った。

「まあ、ローランド公爵」

「バーソロミュー大公夫人にはご機嫌麗しく。お久しゅうございます。あちらで積もる話など」

「喜んで」

こちらも見ずに手をつないで歩み去るドルシネア夫人を無言で見送ってから、グレイランサーはフロントへ向かった。

にこやかに客人たちを迎え入れているボーイたちの背後から、支配人が分離して、グレイランサーの傍らに来た。人目につかない柱の陰へ来て、

「どうだ？」

とグレイランサーが訊いた。

「いまのところは」

答えた支配人は情報省のエージェントでサラディンという腕利きだ。

「フロントのメンバーは、御前に申しつけられたとおり、全員情報省のエージェントで固めました。感応者《テレパス》がいないのがきついところですが、検査は完璧に行なっております」

「OSBの擬態はそれ以上に完璧だ」

にべもなく応じて、

「これまでの入場者のチェック・データを見せてもらおう」

常人と同じ口調に、いいことでもあったのかとサラディンは思った。

「承知いたしました。こちらへ」

サラディンは近くの階段を上がって、すぐ前のドアをノックした。

内部にいた三名のエージェントに、

「グレイランサー卿がチェックをお望みだ」

と告げ、ごゆっくりと言い残して出ていった。

データ照会のインターフェイスの前に腰を下ろし、グレイランサーはスクリーンに映し出された映像と数値のチェックを開始した。

来訪者の姿とチェック機構によるデータを読み取っていく。

「完了」

と立ち上がったとき、三人のエージェントはそのスピードに眼を見張った。

「しばらく続けさせてもらうぞ」

なおも訪れる訪問客へ冷厳な視線を外さず、グレイランサーはチェックを続けた。

この〈大夜会〉にOSBがやって来るとの保証は何処にもない。ツトロージェの墓地での一件以降、OSBに関連したトラブルは発生していないのだ。〈大夜会〉が危険だ、と思ったのは、グレイランサーひとりの勘にすぎない。だが、その勘がどれほどの適中率を誇っているかは、情報省が全面協力を惜しまないことで一目瞭然であろう。

次々にきらびやかな貴族たちが訪れるフロントも、やがて、数はまばらになりはじめた。

――来ず、か

グレイランサーはそう考えた。

第八章　大いなる返礼

1

今回、グレイランサーは己の勘に、ある裏付けを持っていた。

〈辺境区〉侵入を策するOSBにとって、各〈辺境区〉の管理官は最強の敵――彼らの企ての妨害者ということだ。

いわゆる〃地方自治〃は、遠い〈都〉の監視に代わって、鋭い調査の眼を〈辺境〉全体に注ぎ得る。

〈辺境区〉の資源に眼がくらんだ、ダイラーム公爵をはじめとする欲の塊どもが、〈都〉の直轄《ちよつかつ》にしようと画策しはじめたことを知ったOSBたちは、これこそ侵略の効果を高らしめる千載一遇のチャンスと理解した。ここに、反逆者たちが加わる。

広大な〈辺境区〉を〈都〉から管理し得るはずがない。現に〈枢密院〉に提出された〃直轄プラン〟には、管理用の施設や人員の大幅な撤退が盛り込まれていたのだ。

〈辺境〉を貴族の手から離れた自由の地に。

ＯＳＢと反逆者たちの同盟は、この一点で成立したのであった。

だが、反逆者たちは次の事実を理解していたものか。

残る邪魔者は人間だ。

彼らを一掃するためには、貴族の〝餌《えさ》〟としての彼らの価値を失わせてしまうに限る。

血に毒を。

貴族にだけ効く毒を。

考えぬはずがない。

だが、ここで計画に齟齬《そご》が生じた。

人間たちは〈神祖〉とやらの伝説的保護によって〈中間地帯〉に逃れ、血中の毒は、あっという間に解毒のときを迎えたのだ。

そして〈辺境区〉の〝直轄プラン〟には、なおも二名、否三名の有力反対派が歩調を合わせている。

いましかない。

この決意が〈大夜会〉に注目するのは必然といえた。

議長アウレリウスと元老ジャルゲン、そしてグレイランサー卿を殺害せよ。

恐らく、時期的に見て、この決定は血毒の拡散より以前になされたものに違いないが、それだけに、練りに練られたアイデアなのは間違いなかった。

にもかかわらず。

グレイランサーは、三名のエージェントに目礼して部屋を出た。

大広間へ入り、ゆっくりとした足取りで北の壁まで行って、それにもたれた。

十数分の間、挨拶する者はあっても、話しかける者はいない。怖いのだ。

「貴公が〈大夜会〉に出席するとはな」

やっと話しかけて来たのは、議長アウレリウスであった。

「恐れ入ります」

「――何かあったのか?」

「とんでもございません。私をトラブルメーカーのように考えておいでのようだが、誤解ですぞ」

「そうか」

と議長アウレリウスは破顔し、

「ところで、〈辺境区〉の管理官として〈都〉の直轄管理についてどう思う？　〈大夜会〉でするような話でないのはわかるが、ひとつ忌憚《きたん》のない意見を聞かせてくれ。他の連中は〈東〉のドルメンラ公を除いて、みな反対しておる」

「ドルメンラは、浮動票でございます」

「わしもそう思う。ま、欲に駆られた直轄派がいくら騒いでも、わしと元老ジャルゲンがおる限り、〈辺境〉は〈辺境〉のものだ。安堵《あんど》せい」

「心配したことなどございません」

老人は無言でグレイランサーの二の腕を摑んでゆすった。

そのとき、大広間に円舞曲《ワルツ》の交響が響き渡った。「深夜、君と踊らん」であった。

広間はしかし、沈黙を選んだ。

夜会服と長いドレスの影たちは、流れのように位置を変え、そこで待った。

前奏《イントロダクション》が終わると、楽士《ミユージシヤン》たちは楽器を膝に載せ、こちらも時が来るのを待った。

〈都〉の首長が現われ、

「胸躍る一夜をお過し下さい」

以下の口上を述べると、

「今宵《こよい》の指揮者と楽団《バンド》をご紹介いたします」

と言った。

「アレキサンダー・ミンスキーとその楽団でございます」

この中にいる誰がどんな踊りを見せても、こうはいかないだろうと思われる拍手が、広間を揺るがした。

〈都〉のみならず、世界でも五本の指に入る名指揮者だ。

貴族相手とはいえ、一般人のダンス演奏を引き受けるなど聞いたこともない。

ただ、ここにいる貴族のうち、闇の社会とつながる者たちは、名指揮者の経済観念のなさと、カジノでの放蕩《ほうとう》ぶりを心得、侮蔑の笑いを浮かべていたかも知れない。

貴族の残忍さに限りない怖れを抱く人間たちも、これを見たら恍惚《こうこつ》と我を忘れ、見ているうちに、まぎれもない感動が身の裡《うち》から湧き上がって来るのをどうしようもあるまい。

貴族たちの円舞曲《ワルツ》。

この世ならぬ生きものたちが可能にした、この世の最高の踊り。

人間《ひと》は、人間ではなく貴族のために、これを生み出したのかも知れない。

やがて照明が消え、貴族たちは月の光の下で踊った。床に影はなかった。だから美しいと言った詩人がいる。

そんな時間が過ぎたとき、気品匂うがごとき老婦人が現われ、ミンスキーに何か言った。

偉大なる指揮者の、血相を変えた返事を貴族たちは聞いた。

「この私と私の楽団員たちに、人間の弾く竪琴《たてごと》の伴奏をしろと？　このミンスキー、五千年の生命のうちで、最大の屈辱でございますぞ」

「そう仰らないで。あなたもご存知でしょう、あの子の爪弾く〝闇の想い〟——人間が貴族に匹敵する演奏を披露してくれるのよ」

「何と言われても、お断り申し上げる。不肖《ふしょう》アレキサンダー・ミンスキー、貴族の生命を失っても、人間に主旋律をまかせるほど堕《お》ちてはおりませんぞ。みな、席をたて」

次々に立ち上がる楽団員たちを見ながら、誰もがミンスキーの言い分が正しいと思った。現に幾つもの拍手が起こったのである。

いかに名家の出を支えにした老婦人の要求とて、この大指揮者のプライドを揺るがすことは不可能だと思えた。

そのとき、

「よく言った」

感動が滲《にじ》みはじめた空間を凍りつかせた声がある。

あらゆる思いのこもった視線を浴びながら、広間の中央に進み出たのは、濃紺のケープをまとい、長槍を手にした人物であった。

「グレイランサー卿」

誰かが放ったこのひと言で、華麗なる出席者たちは、自分たちの戦慄《せんりつ》の理由と、この男だけが武器の携帯を許可された理由《わけ》を知った。

彼はミンスキーまであと十歩という地点で足を止めるや、大指揮者の白い喉もとに、ぴたりと槍の穂先を密着させた。

「貴族の生命を失っても、と申したな？」

「確かに」

「では、このグレイランサーが奪ってやろう。私の槍の傷――他の腐れ槍と違って、癒《い》えぬぞ。二度と声は出せん」

「歌手ではございませんでな」

平然と応じたミンスキーの頬を、汗の珠が伝わっていった。

「音楽などを弄《もてあそ》ぶ輩《やから》にしては、肝《きも》が据《す》わっておるな」

とグレイランサーは静かに言った。

「だが、世の中というものを知らなすぎだ」

大貴族は穂を進めるつもりであった。

このとき、彼は周囲の変化に気がついた。

ギャラリーの視線が一斉にある方角へなびいていた。

楽団の左横にあるドアの前に、白い竪琴と黒髪の女が立っていた。月光が白いドレスを鮮やかに浮き上がらせている。それはこの時間《とき》のために天が選んだ人間のようであった。

タエ。

女は無言で楽器を押し、楽団の横で止めると、固定した。係員が椅子を運んで来た。

それから、演奏がはじまった。

この女は人間だったのだ、とグレイランサーは改めて気がついた。

この世で最も美しい楽器が紡《つむ》ぎ出したものは、凄愴《せいそう》ともいうべき怒りと悲しみであった。貴族に血を吸われ、白い屍衣《シュラウド》を夜風に波打たせつつ、月光の下をさまよい歩く娘たち。若者たちは貴族の城へ侵入し、楔《くさび》を打ち込もうとするが、返り討ちに遇う。司祭は心臓に杭を打ち込み、恋人たちを墓地に埋葬するが、遺族たちの希望で杭だけは地上に生やしておいた。怒りと悲しみを永久に忘れないためだ。やがて、ここに、埋葬される犠牲者は全員、地上に杭《くい》を露出させ、墓地は杭の城と呼ばれるようになった。

だが、それでも恋人たちは安らかに眠れなかった。月のさやけき夜、盛り土は地下からのびた白い手に押しのけられ、甦った恋人たちは、墓地のあちこちでワルツを踊りはじめたのだった。

なぜ踊るのかわからない。

何となく哀しかった。

それでも彼らは優しく手を取り合い、おずおずと慣れないステップを踏んで、時折つまずきながら、夜ごと夜明けまで踊りつづけるのだった。

タエの指が弦から離れたとき、動く者はいなかった。

貴族たちは踊りはじめたのだ。だが、彼らはすぐにステップを止め、竪琴の調べに耳を傾けた。

彼らの知らぬ生きものの想いは、波立つこともなく、優雅なリズムで彼らの胸に沈んだ。伯爵夫人は大公の腕にすがり、男爵は男爵夫人の頭をそっと抱いた。

あとは演奏の終わりを待つしかなかった。

真っ先に動いたのはミンスキーだった。

この大指揮者はやや俯《うつむ》き加減の独特な歩き方でタエの許に行き、

「アレキサンダー・ミンスキーは愚か者でした」

と言った。

「音楽というものの意味を私は忘れていたようです。私はいま怯《おび》えています。あなたの演奏の素晴らしさと私の愚かさに。あなたの調べに、私たちも加わらせていただきたい」

彼は楽団《バンド》の方を向いた。

そして、偉大なる指揮者は久しぶりに微笑した。彼の演奏家たちはすべて席につき、楽器を構えて伴奏のときを待ちつづけていたのだった。


「元老ジャルゲン」

呼びかけられて、首を廻した老人は、眼の前にそびえる濃紺と黄金の巨人を見た。

「失礼ながら、暫時《ざんじ》お付き合い願いたい」

とグレイランサーは言った。

静かに大広間を脱けて、大貴族は老人を向かいの広間へ導いた。

大広間とひけを取らぬ空間に、ただひとつの影を見て、元老ジャルゲンは眉をひそめ、グレイランサーに訊いた。

「議長アウレリウスじゃないか。こんなところで何をしている？」

「君を待っていた」

ともうひとりの老人は厳しい声で言った。それから、

「確かな話かね、グレイランサー？」

「間違いありませんな」

大貴族の返事は、二人目の老人をますます昏迷に陥れたようだ。彼は二人の顔を見比べ、徐々に恐怖の表情をこしらえていった。

「グレイランサーが君をOSBの擬態だと見破ったのだ」

と議長アウレリウスは、長年の盟友に宣言した。

元老ジャルゲンは眼を剝いた。

「莫迦《ばか》なことを言うな。そんな証拠が何処にある⁉」

怒りの瞳を、グレイランサーは静かに見つめた。

「お答えいたします。まず、いまさっきの人間の爪弾《つまび》いた調べに、感動の色を見せなかったこと」

「何処を見ておった？　わしは胸打たれたぞ。人間を見直しかけたほどだ！」

「次に、これと同じ指輪を嵌《は》められていられること」

胸前に差し出された掌の上に、小さな錫《すず》の指輪を認めて、老人は掌の主を見上げた。

「――何の真似だ、グレイランサー？　わしは指輪などしておらんぞ」

彼は両手の指を広げてみせた。

「いや、していらっしゃいますな」

グレイランサーは左手の中指に触れた。

「――ここに」

言うなり、彼は背後から元老ジャルゲンの心臓を貫いた。

声もなく老人は塵《ちり》と化し、床にわだかまった。

「侵入者は滅びました」

とグレイランサーは議長アウレリウスを見つめた。残った老人は苦笑した。

「そう怖い声を出すな。いつから知っておった、グレイランサー？　この指輪のことを」

老人は手を上げた。小さな錫色の光が指を取り巻いていた。

「先程、入場者をチェックしたときに」

とグレイランサーは答えた。

2

「議長アウレリウスに化ける前はどうか知らぬが、その姿でなぜその指輪をしておった？」

大貴族の問いに、老人は黙って太い指を眺めた。

「よくわからぬ。後ろに刻まれた言葉が気に入ったのかも知れぬよ。この持ち主に化けたとき、これは吸収できなんだ。持ち主の指にはやや太すぎて、嵌め直したとき落としてしまった。敵が来たので拾う暇もなかったが、まさか、おまえに拾われていたとは、天運もここに極まれりだな。しかし、わしに気づいていたのなら、なぜこんな手のこんだ真似をする？」

「元老ジャルゲンの要請だ」

「成程、悪ふざけの好きな男だからな」

議長に化けたＯＳＢは、塵になった老人が、立体映像だと知っていたに違いない。

長槍がゆっくりと上がった。

「ひとつ訊く。答えても助けはせぬが」

「わしの仲間か？」

「そうだ」

「おまえがわしならしゃべるか？」

「いいや。OSBなら別ではないのか？」

「何に変わっても、わしはわしだ。だが、変わった相手の影響は受ける。議長アウレリウスは立派な男だった」

槍の穂は心臓を貫いた。


廊下へ出た。

タエがひっそりと立っていた。

「夜会はどうした？」

「まだ続いております」

「誰も円舞曲を踊れぬまま、か」

タエは眼を伏せた。

「私は武骨者でな、音楽のことはからきしだ。だが、良い演奏であった。大公殿に聴かせてやりたかったがな――〝闇の想い〟」

「いいえ」

とタエは言った。

「さっきの曲は――違うと申すか？」

「はい。あれはしばらく胸を塞《ふさ》がれるだけの調べでございます。〝闇の想い〟に耳を傾けるための精神《こころ》を、どなたもお持ちではございません」

グレイランサーは廊下の奥へと身を翻《ひるがえ》した。

「行かれますか？」

「呼ばれてな」

「行かねばなりませぬか？」

「どうした？」

「……………」

「行けば、おまえの調べを聴く心映えを抱いて戻るというか？」

「行かれますな」

「そうはいかん。その心映えとやらを楽しみにしておるぞ」

タエに背を向けると同時に、大広間のドアからダイラーム公爵が現われた。三人ばかり護衛がついている。すれ違おうとしたとき、公爵がグレイランサーの名を呼んだ。

「しばらくは徹夜で騒ぐがいい」

とグレイランサーは言った。

公爵が予想もしていない反応であった。彼は、

「何のことだね？」

と肩をすくめた。

「いまＯＳＢをひとつ片づけた。そいつは〈枢密院〉にいる汚い仲間の名前を吐いた」

「ほお」

公爵は楽しそうであった。チョビ髭の割りには、こちらも腹が据わっている。

「騒いだあとの眠りは深いぞ。ダイラーム。いつまでも醒めぬかも知れん」

「それはそっくりそちらへ――」

お返しできないことを公爵は知った。グレイランサーはすでに背を見せていた。

奥のドアが開くと、星が取り囲んだ。足下には煙るような青い球――地球の一部がのぞいていた。

千名収容のスペース・バスは五分で〈都〉の何処へでも客たちを送り届ける。

「どちらへ？」

とアナウンスが訊いた。

「〈北部辺境区〉――〈中間地帯〉への〝門〟の前だ」

「新しいプログラムが禁じられています。お名前をどうぞ」

「グレイランサーだ」

「――プログラム完了。発進いたします」

アナウンスに重なって、先刻の声が耳の中で鳴った。

「〈中間地帯〉でおまえを助けた餓鬼を二人預かっている。〈中間地帯〉の10ＰＭ、〈汚辱市〉

西の荒野へ来い」

どうやって通信器の波長を突き止めたかなど考えもしない。

「〝槍師〟エレクトラか。治療を終えたとみえる」

グレイランサーは前方の大窓から、矢のように接近して来る星を見つめた。

〈大夜会〉は、静止軌道上にある〈浮遊都市〉で開催されていたのだった。


スペース・バスから連絡しておいたので、出迎えはなかった。

サイボーグ馬のみが用意されていた。

〝門〟をくぐって〈汚辱市〉まで丸一日。

翼長一キロの〝人食い鷲〟を粒子砲で消滅させ、全長五キロの〝地走り〟の首を槍のひとふりで叩き落とし、毒霧の流れる〝冥府池〟を突っ切って、〈汚辱市〉のネオンを遠くに見やる荒野に到着したのは、指定時間十分前であった。

五十平方キロに及ぶ平原は、黒い大地ばかりが妖々と広がり、あちこちで小さな砂埃《すなぼこり》が上がった。埃は風が消した。

耳もとを唸りがかすめた。グレイランサーの右手が閃《ひらめ》き、拳《こぶし》を開いた。小さな石の塊はひどい熱を帯びていた。

隕石《いんせき》であった。

「ここは星の墓場なのさ」

右方からかかった声に聞き覚えがあった。

真紅のバンダナが月光に映え、隻眼《せきがん》の光は不思議と穏やかだった。右手の多銃身杭打ち銃の銃口は下を向いている。

「確かにその顔だ、サンホーク」

とグレイランサーは言った。

「なぜ、ここにいる?」

「おれにも連絡があった。二人の生命が惜しければ、今日、荒野へ来い、とな。敵の狙いはおいれだと思っていたが、あんたも一緒となると、これは共通の敵がいるらしいな」

「おまえは知っているはずだ」

「子供まで虜《とりこ》に使う奴らの名を隠しておく義理もない。OSBと手を組んで貴族たちを潰滅《かいめつ》させようと企てているのは、〈流れ水〉ってグループだ。それと、貴族の中にもいる」

「驚かぬよ」

当然の返事をグレイランサーはした。

「だが、一応聞かせてもらおう」

「それは——」

サンホークの唇が動いた。

「危ない」

跳躍した二人の間に凄まじい衝撃と砂煙が上がった。隕石ではない。

「銃撃だ」

大地の何処かに溶けたサンホークの声が告げた。

「腕が落ちた」

とグレイランサーは応じた。彼はもとの位置を動いてはいなかった。どんな精確な射撃でも、銃弾では彼を斃《たお》せない。

「愚かなパワー・アップの結果はどうだ？　ひとりで悦に入っていても何にもならぬぞ」

敵の存在など歯牙《しが》にもかけぬ大貴族の嘲弄《ちょうろう》であった。

果たして、ネオンの彼方から人影が二つ近づいて来た。

長槍を手にしたロングコートの男と、長銃《ライフル》をすでに肩付けした丸眼鏡。旧式な燧発《すいはつ》式長銃の撃鉄は上がっている。

エレクトラとハンセンであった。

「子供は何処にいる？」

グレイランサーはまず訊いた。

エレクトラが牙を剝いて笑った。

「貴族の中の貴族——信念に背《そむ》く者は肉親とて誅戮《ちゅうりく》する武人が、子供の身を案じるか。しかも、人間の、虫ケラの」

「虫ケラにも借りはある。何処だ？」

エレクトラは右手を上げた。

頭上からゆっくりと、少女と少年が降下し、地上十メートルほどのところで止まった。背中に半透明の翼が生えている。〝天使の翼〟だ。簡単な飛翔具で、バラフという重力制御物質を加工して作る。物質の量を調整すれば飛翔時間も自由に変えられ、ポケット・マネーで買えるため、安全で短い飛行によく使われる。

「下ろせ」

地鳴りのような声でグレイランサーが命じた。エレクトラは笑った。

「ご免だね。くく、貴族の矜持《きょうじ》は何処へ行ったと訊きたいか？　あんたに勝つ代わりに、そんなもの放り出しちまったよ」

狂気を湛《たた》えた眼で二人を見上げ、

「虫ケラの餓鬼にしちゃ立派なもんだ。助けてくれのひと言も言わずに耐えてるぜ。さっさと解放してやったらどうだい？　あの翼は五分で消滅する。それまでにおれたちを片づけないと、姉と弟はペチャンコだぜ」

「もうひとりはどうした？」

ハンセンが訊いた。

「もっとも、あいつは真っ先に死ぬ。もう狙いはつけてあるからな」

「会ったことがあるのか？」

「いいや。手術のおかげさ。標的透視ができるようになったんだ」

グレイランサーはうすく笑った。

「そうか。別人に当たらぬように気をつけろ」

巨体が走った。

エレクトラが眼を剝いた。グレイランサーの前にはハンセンがいた。

唸り出る長槍の突きを、しかし、ハンセンはとびのいて躱《かわ》した。信じられない敏捷《びんしょう》さだった。

「くたばれ」

彼は空中で長銃を射った。構えは変わっていない。

大地の何処かから人間《ひと》の苦鳴が上がった。

着地と同時に、にんまり笑った。

その全身に六個の穴が開いた。額には二発。それだけで首から上は消滅し、ぼろ布と化した身体は三メートルも吹っとんで地に落ちた。

苦鳴のしたあたりから、人影が立ち上がった。サンホークではない禿頭の老人が。

「ああやって逃げのびて来たか」

グレイランサーが苦笑を浮かべた。

「人間とは所詮、小さな虫ケラではあるな」

その胸へエレクトラが突いて出た。それを弾《はじ》いて、手と足の位置を同時に変え、長柄《ながえ》を首すじに叩きつける。必中、と見えたのに、エレクトラはまたも間一髪、とびのいて躱した。

グレイランサーはそれを待っていたのかも知れない。

旋回する愛槍を慣性無視でぴたりと止めるや、引きもせず、前方へ投げた。

それは着地と同時に、なおも一跳躍の姿勢を取ったエレクトラの左胸を背中まで突き抜けた。

エレクトラは咳《せ》き込み、そのたびに黒血を吐いた。

「見事だぞ、グレイランサー。心臓のど真ん中だ。そして、おれは、もうひとつの心臓へ生を移す」

そのとき、エレクトラの全身を襲った変化は、新しい心臓の鼓動と一致していた。

ひとつ――その両眼を黒い幕が覆った。ふたつ――顔があとを追った。みっつ――胴も四肢も黒々と染まった。

「これで、おまえの攻撃は無効だ。新しい生命の素は色々と便利なものを生んでくれる」

新しい生きものは牙を剝いた。それは以前の二倍もあった。

があ、と放った声が咆哮《ほうこう》であった。

新エレクトラは風を巻いて大貴族へと走った。

圧搾《あっさく》空気を解放する音がその巨体を震わせた。六本の楔はすべて撥《は》ね返った。

「子供騙しだぞ、人間の英雄。オモチャで遊んでいる暇に、ほれ、大事な餓鬼どもが時間切れだぞ」

二対《つい》の眼が宙を仰いだ。

空中にぶら下がるという恐怖の責めにも、悲鳴ひとつ泣き顔ひとつ見せなかった二人が、いま切迫した表情で、地上を見下ろしている。

「おれが相手だ」

サンホークの挑戦は疾走しながらであった。止まらぬ敵へ、

「愚か者！」

と突き刺したエレクトラの穂先には、魔力が宿っていたのかも知れない。

サンホークの身体は二つに裂けた。槍はその二つも襲った。四つになった。八つになったのは自らであった。

八人、いや十六——三十二人のサンホークがエレクトラを取り囲んで、杭打ち銃を構えた。構えはすべて異なっていた。

「この隙に——二人を！」

三十二人の声が荒野を震わせ、エレクトラの攻撃を誘った。そのたびに反逆者の数は増えていった。

その頭上で悲鳴が上がった。

「サンホーク！」

その名の対象にある想いを抱いた者でなければ、決して出し得ない叫びは、娘の口から迸《ほとばし》った。

〝天使の翼〟はその効果を失い、姉と弟は小石のように大地へ落ちていった。

3

グレイランサーが飛んだ。

二人を抱き止めたのは、地上五メートルの地点であった。

「うぬ」

その着地点へ走ろうとふり向いた黒い異形の首すじへ、一本の槍が吸い込まれた。柄の部分にも槍穂をつけた武器は虚しく地に落ちたが、エレクトラは一瞬、跳躍のときを失った。

「邪魔者め！」

彼は胸の槍を引き抜いて、グレイランサーへ投擲《とうてき》した。

軽々と着地した足下にそれは突き刺さって、大貴族の上体をわずかによろめかせた。

ふたりを放り出した瞬間、エレクトラが突っ込んだ。

グレイランサーは敵とひとつに溶けて、数メートル先の大地に仰向けに倒れた。

馬乗りになって、エレクトラは長槍をふりかぶった。

「これで最後だ、グレイランサー」

「そのとおりだ、零落者《れいらくしゃ》めが」

貴族の声が天地を走り抜けた。

エレクトラは自分の胸もとを見つめた。彼の槍はグレイランサーの頬をかすめて大地を貫いていた。

無敵の装甲に覆われた不死身の身体に、ただひとつ生じた欠陥——グレイランサーの槍を抜いた傷口から、五センチほどの矢柄が突き出ていた。

生と死の交差する一瞬に、グレイランサーが心臓から引き抜いた凶器であった。

黒血が迸り、大貴族の胸と顔にとび散った。濃密な臭気が空気に満ちた。

「今度は外さなかったの」

念を押すように言って、グレイランサーは立ち上がった。エレクトラを押しのける必要はなかった。夜風のひと吹きに、強敵の身体は塵と化して運ばれていった。

彼は荒野を一望した。

サンホークが立っていた。

グレイランサーと眼が合うと、彼は右手を上げて親指を立てた。それは単なる勝利の合図ではなかった。人間と貴族はともに戦ったのだ。

ラルフがサンホークの許へ走り出し、ジェニファーも従おうとしてためらった。

彼女を救った男は別にいた。

小さくうなずき、少女は彼の許へ走り寄った。

「よせ」

と頭上で声がした。

「ありがとうございました」

と少女は逞しい胸に頬を押しつけた。

濃密な鉄と塩の臭いが鼻孔を塞いだ。

鉄の腕がその可憐な胴に当てられ、高々と持ち上げた。

見上げる精悍《せいかん》な顔へ、少女は白い花のような笑みを送った。


ビストリアの私室は青い闇に包まれていた。東の空が仄《ほの》白い。やがて光が世界を統《す》べるのだった。

扉を閉め、グレイランサーは長椅子のところまで歩いて、ゆったりと腰を下ろした。

いつもと変わらない動きであった。違うのは、

「おいら、必ずおまえを塵に変えてやる」

と泣き叫ぶ少年と、

「この借りをどう返す――大貴族よ」

静かな憤怒と侮蔑が渦巻く隻眼。

いつまでも繰り返される憎悪のリフレイン。

今夜だけは仕方があるまい、とグレイランサーは納得していた。

それでも、ひどく疲れているようだ。

影の気配が空気に混じった。

「タエか？」

と訊くと、

「左様でございます」

「何しに来た？」

「今宵こそ、お聞かせ申し上げましょう。〝闇の想い〟でございます」

返事はなく、返事を待たなかった。

弦のささやきに、長椅子の影は耳を傾けているのだろうか。

調べは〈大夜会〉での怒りでも悲しみでもなかった。

それは聴く者すべての魂に青白い手を廻し、深奥の果てへと連れ去った。

果てにあるものは絶望ですらなかった。自分がひとり切りだと骨まで思い知ること。宇宙には生命などはなく、差しのべられる手もまたない。

グレイランサーの記憶は血の味を甦らせた。

ジェニファーという少女の鉄と塩の臭い。

なぜ、これほどに甘い。

そして、彼は虚無のただ中にいる自分を理解した。絶対的な孤独が、絶望を嘲笑《あざわら》っている。

彼の胸から長槍が落ちた。

穂が床を叩く寸前、指がそれに絡みついた。

虚無がグレイランサーを嘲笑った。

何処かに怒りが生じた。

絶望の怒りであった。

虚無など何ほどのものか。絶望など甘い菓子に等しかった。

見よ、槍を摑んだ手は震え、両眼は赤光を放っている。

「お耳汚しを」

タエが静かに言った。

気配が退いていく。

「東の空が明けて参ります」

声は戸口のあたりで聞こえた。

「暗い夜明けかも知れませぬ」

「行け」

グレイランサーは言った。いつもの声であった。扉が閉じた。部屋には光がない。届かない。

その中でグレイランサーだけが、夜明けを待ちわびる影のように見えた。

明けぬ夜が迎える夜明けを。

（完）

文庫版あとがき

本書「貴族グレイランサー　英傑の血」で作者が意図したのは、前作で描き出したグレイランサーの人となり――吸血貴族なりを、さらに深めることであった。

貴族である以上、人間など虫ケラ以下の存在と考えている――いや、考えもしない大貴族を、いかに遺族人間たる読者に反発を感じさせずヒーローとして迎え入れさせるか。

こういう場合、必ず使われる常套手段は、敵対者への同情乃至《ないし》理解を示すことである。強者の弱者への精神的同化と言ってもいい。

ある意味、イヤラシイ手段だが、グレイランサーくらい人間と差がついた上、同化が個人的レベルに留《とど》まると、時折示される行動で、その同化ぶりが読者の胸を打つ。これは万古不易であって、こんな手におめおめと、と思いつつ、読者は胸を熱くするのである。HAHAHA。

ここで止《とど》めの一発が放たれる。グレイランサーが、仲間たる貴族に対しても、理不尽な輩には容赦しない、公明正大な人物だと示すのだ。しかも口先だけの軟弱な正義の徒にあらず、かくかくたる武勲の戦士である。これで、敵に同情と理解を示す強者などイヤラシイと思っている読者も懐柔されてしまう。後はいけいけグレイランサーである。

──と、こう手の内を明かして来たが、現実はそう甘くない。やっぱりイヤラシイと看破するひねくれた読者も多いからだ。常套手段も年々厳しくなって来る（？）。

今回、読み直してみて驚いたのは、自分が考えたとは思えない奇抜なアイディアが登場する点だ。

貴族にのみ効果ある毒薬──しかも、人間の血に混ぜて吸血させると、ギャー。吸血鬼の毒殺なんて考えたのは、この作者のみであろう。ま、思いついても阿呆らしくて書く気がしなかったというだけかも知れないが。

「グレイランサー」は二冊で終わったが、作者としてみれば、このまま葬るのは惜しいキャラクターだと思っている。

この二冊を読んで同感とした読者は、復活要求を編集部まで送るように。またグレイランサーと会えるよー。

二〇二一年四月最後の日
「ロード・オブ・ザ・リング」（２００１）を観ながら

菊地秀行

吸血鬼《バンパイア》ハンター アナザー
貴族《きぞく》グレイランサー 英傑《えいけつ》の血《ち》

朝日文庫
ソノラマセレクション

2021年6月30日　第1刷発行

著　者　菊《きく》地《ち》秀《ひで》行《ゆき》

発行者　三宮博信
発行所　朝日新聞出版
〒104-8011　東京都中央区築地5-3-2
電話　03-5541-8832(編集)
03-5540-7793(販売)
印刷製本　株式会社 光邦

Published in Japan by Asahi Shimbun Publications Inc.

ISBN978-4-02-264998-0